당신의 내일이 안녕하길,
오늘로부터.

안녕한 내일

트
리
플

# 안녕한
# 내일

2
4

정은우 소설

T
R
I
P
L
E

# 차례

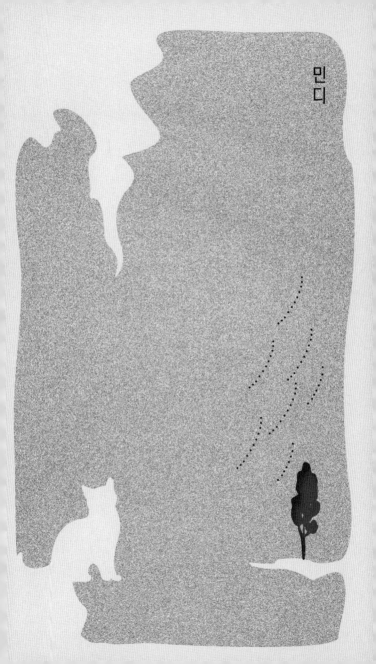

민디

　　은선과 수산나가 고심 끝에 고른 곳은 독일이었
다. 독일은 학비가 무료였다. 취직과 영주권 문제를 한
꺼번에 해결하려면 학위부터 받는 편이 유리했다. 둘
다 할 줄 아는 독일어라고는 인사말이 전부였지만, 처
음 후보지였던 미국과 캐나다는 학비가 너무 비쌌다.
유학 상담 센터에서는 베를린을 추천했다. 베를린은 이
민자가 많은 도시였다. 모두와 다른 대신 모두가 다른
편이 나았다. 이해받거나 이해시킬 필요가 없으니까.
은선은 새로운 곳에서 새롭게 삶을 시작하고 싶었다.
수산나와 함께.

　문제는 돈이었다. 계좌에 일만 유로 이상의 금액을 예치했다는 재정 증명서 없이는 비자가 나오지 않았다. 달마다 천 유로씩 출금할 수 있다지만, 매년 비자를 갱신할 때 재정 증명서도 다시 제출해야 하니 결론적으로는 쓸 수 없는 돈이었다. 둘이 모은 돈으로는 어학원 등록금과 생활비도 버거웠다. 그러던 중 수산나가 부모님에게 받았다며 통장을 내놓았다. 덕분에 둘은 무사히 출국할 수 있었다.

　모든 일이 순조로웠다. 그들은 어학 자격증을 땄고, 대학교와 가까운 작은 아파트도 구했다. 집주인 마샤는 볼이 불그스름한 할머니였다. 도움이 필요하면 언제든 자기 집으로 찾아오라고 했다. 유학생 커뮤니티에는 크고 작은 살림살이를 싸게 팔거나 나눈다는 글이 꾸준히 올라왔다. 직접 가면 덤을 받기도 했다. 드라이기를 사러 갔을 때는 깍두기 한 통을, 프라이팬을 받으러 가자 새것이나 다름없는 실내용 슬리퍼 두 켤레를 얻었다.

　고양이도 예상치 못한 덤 중 하나였다. 브리타 정수기 판매자는 고양이를 데려가면 전기장판을 반값에 주겠다고 했다. 고양이는 아직 어렸다. 바닥에 굴러

다니는 새까만 먼지 덩어리 같았다. 은선과 수산나는 그 제안을 흔쾌히 수락했다. 고양이를 키우는 건 그들이 꿈꾸던 일 중 하나였다. 고양이에게 민지라는 이름도 새로 지어주었다.

하지만 독일 수의사와 간호사는 민지의 이름을 제대로 부르지 못했다. 독일인들은 민지의 J를 이응 혹은 히읗으로 발음했고, Z도 지읒보다는 치읓과 된소리 지읒 사이의 소리에 가까워서 딱 맞는 표기법이 없었다. 수산나는 만일의 경우에 대비해서 독일인이 발음하기 쉬운 이름으로 바꾸자고 했다. 은선은 마지못해 받아들였다. 민지는 민디가 되었다.

은선은 민디가 현관문 긁는 소리에 깼다. 손을 뻗어 침대 옆자리를 더듬었지만, 수산나는 없었다. 그녀는 카디건에 팔을 꿰면서 기다리라고 외쳤다. 조금이라도 꾸물거리면 민디는 큰 소리로 울었고, 다음 날 현관문에는 이웃들의 항의 쪽지가 빼곡하게 붙곤 했다. 덕분에 근 삼 년간 은선과 수산나는 독일어로 동물 학대를 비난할 때 어떤 표현을 쓰는지 톡톡히 배울 수 있었다.

문을 열자 빳빳하게 꼬리를 치켜세운 민디가 보

였다. 수산나는 민디를 꼬마 신사님이라고 불렀다. 새까만 정장에 흰 양말까지 챙겨 신은 모습이 예의 바른 신사 같다나. 은선은 코웃음을 쳤다. 민디는 네 살이었고, 인간 나이로 치자면 서른두 살이었다. 게다가 뭔가 제 맘에 들지 않으면 물건을 떨어뜨리거나 선반을 헤집어놓곤 했다. 수산나가 오냐오냐해서 그런 건지 점점 더 제멋대로 굴었다.

민디가 부엌에서 야옹거리는 소리가 들렸다. 은선은 민디의 밥그릇에 사료를 부어주었다. 민디의 꼬리가 바짝 서더니 파르르 떨렸다. 기분이 좋은 모양이었다. 은선도 호밀빵 세 장과 우유로 아침 식사를 마쳤다. 싱크대가 바짝 마른 걸 보니 수산나는 아침도 먹지 않고 나간 듯했다. 은선은 혀를 찼다. 어디 갔는지 쪽지라도 남기든가. 지금은 언제 어디서 바이러스에 감염될지 모르는 상황이었다.

은선의 종아리에 부드럽고 따뜻한 것이 와 닿았다. 민디였다. 들어온 지 한 시간도 채 안 돼서 내보내달라고 떼를 쓰고 있었다. 은선은 무시했다. 일부러 부산스러운 척하면서 싱크대에 접시를 놓고 창가로 가서 창문을 열어젖혔다. 거리는 지난밤 사람들이 깨놓은 술

병 조각들로 찬란하게 빛나고 있었다.

발뒤꿈치가 따끔했다. 은선은 민디를 흘겨보았다. 민디는 보란 듯이 은선의 다리 사이를 오가고 있었다. 신사는 무슨, 폭군에 어울리는 횡포였다. 그녀는 결국 민디에게 문을 열어주었다. 일찍 오라고 으름장을 놓았지만, 민디는 쏜살같이 계단을 내려갔다. 이기는 건 늘 민디였다. 은선은 문을 잠근 후 컴퓨터 앞에 앉았다. 교수가 쓴 공지 사항을 확인한 다음 습관처럼 메일함을 확인했다. 반가운 소식이 와 있었다.

베를린에서는 베를린의 법에 따르라. 마샤는 동물도 거주자 수에 포함된다며 가차 없이 집세를 올렸다. 은선과 수산나는 진짜 그런 법이 있는 줄 알았다. 설령 억지라 한들 어쩔 수 없었다. 그들과 달리 마샤는 독일인이니까. 마샤는 세입자들에게 언제든 찾아오라고 말해놓고선 막상 천장에서 물이 새거나 전기가 나갔을 때 가보면 집에 없는 척했다. 그러고는 초대하지도 않았는데 문을 두드리면서 오만 참견을 일삼았고, 말도 안 되는 이유로 관리비를 인상하려 들었다.

유대인 기념탑 앞에서 무릎을 꿇고 용서를 빌었

던 서독 총리 빌리 브란트나 차별금지법이 무색하게도
외국인을 깔보거나 등쳐먹으려는 독일인은 많고 많았
다. 듣지도 않는 라디오 수신료를 무조건 내라고 해서
꼬박꼬박 냈더니 갑자기 연체 고지서가 왔고, 간신히
리포트를 제출했더니 뭘 베꼈느냐는 질문을 들었다. 철
학과 조교는 한 학기 내내 은선을 독일식 발음법에 따
라 오인준이라고 호명했다. 수산나도 수잔나로 불렸다.

　은선은 척하는 삶이 싫었다. 은선의 어머니는
계속 은선의 선 자리를 물색했고, 수산나의 아버지는
식사 전마다 수산나를 앞에 두고 목사의 자녀답게 어서
정숙한 가정을 꾸리길 바란다는 기도를 올렸다. 은선과
수산나는 척하며 살았다. 들어도 못 들은 척, 봐도 못 본
척, 말할 게 있어도 없는 척, 안 괜찮아도 괜찮은 척. 그
들은 종종 부모님에게 서로를 소개하거나 식전 기도를
끝맺기 전에 식탁을 엎어버리면 어떤 일이 벌어질지 농
담처럼 이야기하곤 했다.

　통쾌한 기분도 잠시, 한참을 신나게 떠들다 보
면 절로 입을 다물게 되는 순간이 찾아왔다. 둘이서 아
무리 떠들어봤자 변하는 건 없었다. 은선과 수산나는
싸우고 싶지 않았다. 싸우는 게 싫었지만, 서로를 포기

할 생각도 없었다. 그러려면 싸워야 했다. 이긴다 해도
또 싸울 수밖에 없었다. 그래서 싸움의 순간을 미루고
또 미뤘다. 미룰수록 일상의 굴욕이 그들의 마음을 조
금씩 허물어뜨렸다.

　　더는 허물어지게 놔둘 수 없었다. 허물어지지
않기 위해서 떠나왔으니까. 은선은 라디오 수신료 연체
고지서를 발급한 부서 직원에게 전화를 걸어 항의했고,
무례한 질문에는 어떻게든 독일어로 받아쳤다. 철학과
조교에게는 정 이름을 발음하지 못하겠다면 루이스라
는 영어 이름으로 부르라고 했다. 별 효과는 없었다. 연
체 고지서는 툭하면 날아왔고, 무례한 질문은 계속 쏟
아졌다. 철학과 조교 말고 다른 사람들도 은선의 이름
을 제대로 부르지 않았다.

　　상대하지 말자.

　　수산나는 그렇게 말했다. 들을 생각도 없는 상대
에게 말이 통할 때까지 맞서려고 한들 소용없다고 은선
을 타일렀다. 연체 고지서를 무시하면 어마어마한 벌금
이 부과될지 모르고, 상대방에게 무례하다고 지적한들
왜 자신이 무례하냐는 항의를 받을 수도 있었다. 조교
가 아닌 다른 사람도 은선과 수산나를 오인준과 수잔나

로 부를 가능성이 높았다. 어차피 당연하고 당연할 일들이었다.

중앙역 광장에서는 월요일마다 반이민자 집회와 반이민자 집회에 반대하는 집회가 동시에 열렸다. 은선은 광장을 지나칠 때마다 뛰듯이 걸었다. 새로운 나라에서 살아가기 위해서는 새로운 굴욕에 익숙해져야 했다. 하지만 은선은 익숙해지고 싶지 않았다. 굴욕에 익숙해진다는 건 굴복하는 셈이고, 굴복하는 순간 그들이 맞이할 결과는 패배였다.

우리를 위해서 참아야 한다니. 수산나의 방식은 너무 우아했다. 어쩔 수 없으니 어쩔 수 없다고 받아들이는 것. '우리'라는 단어를 들을수록 은선은 수산나가 낯설어졌다. 수산나를 사랑했다. 사랑한다고 믿었다. 사랑해야 했다. 수산나도 그녀를 사랑하니까. 독일어로 표현하지 못하는 것들을 마음 놓고 털어놓을 수 있는 상대는 수산나뿐이었다. 은선은 수산나에게 더 다정하게 대하고 민디를 쓰다듬으면서 버텼다.

독일은 구축의 비중이 신축보다 월등히 높았다. 은선이 다니는 대학교 건물 중 한 채는 동독 당시 감옥으로 쓰였던 곳이라 복도 없이 강의실과 강의실이 서로 이어져 있었다. 수업을 들으러 다른 수업 중인 강의실을 가로질러 가는 경우가 허다했는데, 은선은 그럴 때마다 죄수라도 된 양 고개를 푹 숙였다. 가끔 다리 아래나 으슥한 골목에 누군가가 페인트 스프레이로 자유나 평등 같은 단어를 갈겨쓰곤 했다. 이 도시에 비하면 지나치게 현대적이었다.


수산나는 품에 커다란 종이 봉지를 두 개나 안고 돌아왔다. 열린 마트를 찾느라 삼십 분이나 걸었다고 했다. 날이 쌀쌀한데도 냉동식품이 살짝 녹았는지 봉지 바닥이 살짝 젖어 있었다. 은선은 수산나가 사온 식료품을 정리했다. 냉동 슈니첼, 러시아식 냉동 만두, 요거트와 우유, 아시안 마트까지 들른 모양인지 두부와 라면도 있었다. 대체로 유통기한이 긴 것들이었으나 너무 많았다. 은선은 삼 킬로그램 남짓한 냉동 크루아상 생지 봉투를 들어보였다.

"파티라도 열 생각이야?"

"언제 또 외출 금지령이 내릴지 모르잖아. 약국 들렀는데 마스크는 아직도 없더라."

"괜찮아, 마스크야 한국에서 사면 되지. 항공사

에서 메일 왔어. 다다음 주 화요일에 한국행 비행기를
띄울 예정이래."

냉장고에 남아 있는 달걀과 새로 사 온 달걀들의
개수를 계산해보니 하루에 달걀을 최소한 여섯 개씩은
먹어야 했다. 어마어마한 사치였다. 항공권 가격도 평
소의 두세 배를 호가했다. 팬데믹으로 인해 반 이상의
항공사가 도산했으며 입출국 절차는 더 까다로워졌다.
제출 서류도 많았고 코로나 검사도 해야 했다. 이제는
한가롭게 마트를 돌아다니며 식료품을 사냥할 시간이
없었다.

"꼭 들어가야 해?"

수산나의 말에 은선이 대답했다.

"가서 백신은 맞고 와야지. 언제 봉쇄될지 모르
는데. 자기야, 그러기로 했잖아."

이미 합의한 내용이었다. 전염병은 남녀노소를
가리지 않았고, SNS에는 그들과 같은 대학교 학생들을
추모하는 글이 쉬지 않고 올라왔다. 백신이 풀렸다 한
들 맞을 가능성은 요원했다. 가끔 어느 병원에서 백신
을 맞혀준다는 소문이 돌면 모두가 달려가서 줄을 섰
다. 은선과 수산나도 마스크를 쓰고 두 시간 넘게 기다

렸지만 맞지 못했다. 백신을 맞으려고 줄을 서다가 병에 걸릴 지경이었다. 세 번 정도 공친 후로는 그냥 가지 않기로 했다.

짐작하지 못한 바는 아니었다. 독일은 법전에 갇힌 나라였다. 각자만의 규칙과 질서를 따르는 준법 시민이었다. 그리고 그 법은 자국민을 우선했다. 한국도 마찬가지였다. 한국은 전 국민에게 백신 접종과 치료를 제공했다. 은선과 수산나는 아직 한국인이었다. 은선은 며칠에 걸쳐 수산나를 설득했다. 일단 한국에 가서 백신부터 맞고 오자고 타일렀다. 어차피 대학교 수업도 다음 학기까지는 다 온라인으로 진행될 터였다.

"인터넷에서 보니까 한국에서는 격리하는 동안 캠핑카에서 지내기도 한대. 수산나, 너 캠핑 가고 싶다고 하지 않았나?"

"격리 후에는 백신 맞고 바로 돌아올 수 있는 거야?"

"아니, 백신 맞고 집에서 몸조리하다가 가야지."

"집?"

"그럼 어딜 가겠어. 몇 달만 있다가 다시 독일로 돌아가는데 굳이 방을 얻을 필요는 없잖아."

"내가 경진 언니한테 방 하나만 내달라고 부탁
해볼게."

경진 언니는 수산나가 대학교 인권운동 동아리
에서 만난 사람이었다. 졸업 후에도 일 년에 한 번은 만
난다고 했다. 수산나와 은선이 잘 지내길 바란다면서
언제 같이 만나자고 했다지만, 막상 약속을 잡은 적은
없었다. 은선도 별로 내키지 않았다. 굳이 누가 응원한
다고 해도 달라질 건 없었다. 그녀가 경진 언니라는 사
람에게 남자와 잘 사귀라고 응원한들 달라질 게 없듯
이. 은선은 화두를 돌렸다.

"집 빌려달라는 사람은 없었어?"

"어, 메일함 보니까 연락 안 왔던데."

수산나의 대답에 절로 한숨이 나왔다. 집을 잠
시 비운다고 양해를 구한들 마샤가 월세를 깎아줄 리는
없었다. 거기에 전기료며 라디오 수신료까지 내야 했
다. 유학생 커뮤니티에서 단기 임차인을 구하자고 말했
을 때, 그들은 일부러 기존 월세의 반도 안 되는 금액을
매겼다. 귀국 준비를 하느라 바쁜 은선 대신 수산나가
커뮤니티에 글을 올리겠다고 했다. 은선이 마다할 이유
는 없었다.

"민디는 아직 안 들어왔어?"

"오전에 들어왔다가 도로 나갔어."

자정이 넘어도 민디는 돌아오지 않았지만, 은선은 대수롭지 않게 생각했다. 드문 일도 아니었다. 거리에 인간도 없으니 민디는 더 신날 터였다. 수산나는 리포트를 써야 한다면서 노트북 앞에서 미동조차 하지 않았다. 어차피 민디가 오면 누구든 문을 열어줘야 하지 않겠냐고도 했다. 은선은 유난이라고 생각했지만, 그냥 알겠다고 한 다음 침실로 들어갔다.

그날 밤 은선은 두어 번 잠에서 깨서 뒤척였다. 무거운 눈꺼풀을 들어올릴 때마다 침실 문 아래로 환한 빛이 새어 들어왔다. 리포트를 밤새 붙잡고 있을 생각인가. 수산나는 교수를 잘 따랐고, 같은 과 친구도 두어 명 사귀었다고 했다. 은선과는 정반대였다. 철학과 교수들은 은선의 국적을 헷갈려했고, 친구라고 부를 만한 사람도 없었다.

애초에 철학과를 선택한 게 잘못인가. 위대한 철학자 중 반 이상이 제국주의 국가 출신의 백인이었고, 이는 세계대전과 인종청소 등 수없이 많은 사건을 거친 결과였다. 은선이 바움가르텐에 대해 말하면 교수와 학생들은 바움가르텐이 아니라 바움가르텐을 발음하는 은선을 흥미로워했다. 대학원에 간들 학술원 강단에 선 원숭이 꼴이 될 테고, 구직시장으로 뛰어들자니 철학과 졸업생이 불리한 건 한국이나 독일이나 마찬가지였다. 이제 그녀는 선택해야 했다.

전염병은 순식간에 독일 전역을 휩쓸었다. 총리는 뉴스 프로그램에 출연해 국가를 믿으라고, 함께 극복해나갈 수 있다며 호소했다. 이미 바이러스의 파도가 머리 위를 덮치다 못해 휩쓴 후였다. 친애하는 국민 여러분. 총리의 연설은 은선과 수산나로부터 비켜나 있었다. 은선은 궁금했다. 과연 영주권만 받으면 총리의 국민이 될 수 있을까? 수산나는 대답하지 않았다.

혐오 집회의 물결은 더 거세졌다. 경찰이 해산령을 내려도 집회 참가자들은 부당한 요구라며 반발했다. 학교 수업은 온라인으로 전환된 터라 은선이 그 광장을 지나다닐 일은 없었다. 대신 텔레비전에서 처음으로 혐오 집회 참가자들의 얼굴을 마주했다. 생각보다 평범해 보였다. 도서관이나 마트에서 스쳐 지나가도 모를 만큼. 수산나는 저런 혐오자들이 소수에 불과하며 별다른 위협도 아니니 신경 쓸 필요도 없다고 했다.

며칠 뒤 한인 유학생이 거리에서 폭행당하는 사건이 벌어졌다. 바이올린 최고 연주자 과정을 밟고 있는 학생이었다. 전동 스쿠터를 타고 집으로 돌아가던 중 누군가가 헬멧을 향해 돌을 던졌다고 했다. 스쿠터와 함께 나동그라지자 돌을 던진 무리가 일제히 달려들었다. 유학생은 머리 대신 팔과 손을 감싼 채 납작 엎드리는 쪽을 택했다. 경찰이 달려왔을 때 현장에는 정신을 잃은 유학생과 반파된 스쿠터뿐이었다.

유학생 커뮤니티 게시판은 일제히 분노로 끓어올랐다. 경찰이 용의자조차 제대로 추려내지 못한다는 건 어불성설이라는 말이 있었고, 또 튀르키예인에게 누명을 뒤집어씌울 것이라는 추측도 보였다. 일단 피해자가 불리한 상황이라는 점은 확실했다. 대학교에서 레슨을 받고 돌아가는 길에 당했기 때문이었다. 대학교도 봉쇄 장소 중 하나였다.

대학교 측은 모든 수업을 온라인으로 진행할 예정이라고 했지만, 음악이나 무용을 전공하는 학생들에게 이는 단순한 금족령 수준이 아니었다. 은선이 어학원을 다닐 때 친해졌던 다섯 살 어린 여자는 플루트 전공생이었는데, 어학 시험을 준비하느라 악기 연습하는 시간이 줄어든다며 죄책감을 느꼈다. 이틀 연습을 안 하면 교수가 알고, 일주일이 지나서는 주변 사람들이 알아차리며, 한 달 후에는 악기가 주인을 밀어낸다고 했다.

여기까지 와서 실패할 순 없어. 독일 유학생들은 툭하면 그 말을 입에 올렸다. 은선은 그들을 이해했다. 실패했을 때 기회가 주어지는 사람이 있고, 기회를 직접 만들어야 하는 사람이 있었다. 은선과 그들은 후자였다. 얼기설기 만들어 조악하기 그지없는 기회의 발판을 밟고 올라가야 했다. 발판이든 발판에 선 사람이든 무너지면 함께 무너져내릴 뿐, 그들을 받아줄 안전망은 없었다.

폭행 사건에 대한 수산나의 반응은 간결했다. 늦은 시간에 인적이 드문 곳을 다니는 건 좋지 않다고. 국적과 상관없이 모든 나라에 통용되는 법칙이라고 덧붙였다. 그다지 늦은 시간도 아니었고, 사건이 일어난 곳은 은선과 수산나가 사는 집 근처 골목이었다. 은선은 중요한 건 그런 게 아니라고 했다. 경찰이 범인을 아직 잡지 못한 건지, 잡지 않은 건지 알고 싶었다. 수산나

는 꼬아서 생각하지 말라고 했다. 너한테 좋을 거 하나
도 없어.


　　항공권을 예매하고 나니 몇 달 내내 고여 있던
시간이 순식간에 흘러갔다. 은선은 PCR 검사를 받고
오래된 식료품과 입지 않는 옷을 버렸다. 은행 계좌 유
지비를 미리 계산하고 필요한 서류들을 엑셀로 정리했
다. 전구를 갈고 떨어진 선반 경첩을 고쳤다. 할 일이 너
무 많았다. 수산나는 이해하지 못하는 눈치였다. 냉동
식품이야 냉동고에 보관하면 되고, 옷 정리나 가구 수
리도 굳이 지금 서둘러 할 필요가 없지 않냐고 했다. 은
선은 대충 얼버무렸다.

　　"정리할 때가 따로 있나. 정리하고 싶을 때 하는
거지."

　　"정리는 나중에 하고, 민디부터 찾자니까."

　　"돌아오겠지. 전에도 사흘 넘게 돌아다녔잖아.
민디도 민디만의 삶이 있어."

　　"지금 애가 나간 지 사흘도 더 됐어."

　　"지금은 집 문제가 더 급해. 연락 온 건 없어?"

　　"없어. 없을 수밖에 없잖아. 이 시국에 누가 베

를린까지 오겠어. 그냥 우리 일정을 늦추든가 하자. 지금 민디도 없잖아."

"예약취소수수료가 한두 푼도 아니고, 백신도 맞아야지. 여기 있어봤자 언제 기회가 올 지도 모르잖아. 잘못하면 우리 둘 다 감염될 수도 있다고."

"그러면 민디는?"

"자기야, 너무 걱정하지 마. 배고프면 돌아오겠지. 여기가 한국도 아니고, 독일 사람들이 동물한테는 해코지 안 한다잖아."

다음 날도, 그다음 날도 민디는 돌아오지 않았다. 수산나는 밖에서 무슨 소리만 나면 일어나서 문을 열었다. 이틀에 한 번은 장을 본다는 핑계로 나가서 몇 분이라도 걷고 오더니 이제는 꼼짝도 하지 않았다. 문소리가 거슬려 은선은 헤드폰을 낀 채 침실에 틀어박혔다. 민디가 걱정되기는 했지만, 수산나가 간절해질수록 더 신경 쓰고 싶지 않았다.

수산나가 민디의 밥그릇을 현관문 밖에 두자고 했을 때 은선은 반대했다. 고양이들은 자기 영역을 중시하지만 싸우는 건 좋아하지 않았다. 그새 다른 고양이가 온다면 민디는 영영 돌아오지 않을 수도 있었다.

그러면 포스터라도 만들자고 했지만, 그 역시 차분하게 설득해서 포기시켰다. 당장은 사례금을 감당할 여력이 없었거니와 포스터를 붙이러 이곳저곳 돌아다니다가 감염될지도 몰랐다. 곧 출국일이었다.

세계보건기구가 공식적으로 팬데믹을 선포한 후, 은선은 인터넷으로 주문한 믹서기를 한 달하고도 삼 주 만에 받았다. 세 차례의 자동 반송과 네 번째 재배송 신청을 거친 다음이었다. 원체 배송 속도가 느리긴 했지만, 인터넷으로 물건을 구매하는 사람들이 늘어 배송 물량이 많아지다 보니 배로 느려졌다. 그 모든 사정을 참작해도 너무했다. 택배 기사는 초인종을 누르거나 문을 두드리기는커녕 우편함에 수령증조차 남기지 않았다. 연락해도 전화를 받지 않고 끊었다.

며칠 후 은선은 아파트 로비에서 택배 기사와 우연히 맞닥뜨렸다. 택배가 오지 않았느냐고 물었을 뿐인데 택배 기사는 함부로 자신을 만지지 말라고 했다. 마샤의 중재로 사태는 무사히 마무리되었다. 자초지종을 들은 수산나가 조심하라고 은선을 타일렀다. 겁에 질린 사람은 무슨 짓을 할지 모른다며, 택배 기사에게 맞기라도 했으면 어쩔 셈이었냐고 했다. 마샤가 있어서 다행이지. 수산나의 말에 은선이 고개를 저었다.

"마샤가 택배 기사한테 우리는 중국인이 아니라서 바이러스를 옮기지 않는다고 했어. 나한테는 그 사람이 튀르키예계라 어쩔 수 없다고 했고."

"그래도 널 구해줬잖아."

"그 여자는 마스크도 안 쓰고 다녀. 입에서 술 냄새가 풀풀 나던데."

"다들 집에만 있잖아. 혼자니까 외로워서 그렇겠지."

"자기야, 무슨 소리야. 그 여자는 예전부터 혼자였고, 알코올중독자야. 끔찍한 인종차별주의자고."

감염병이 발생하기 전부터 마샤는 하루에 두 번만 외출했다. 늘 작은 수레를 꼬리처럼 달고 다녔다. 수레는 나갈 때는 빈 술병으로, 돌아올 때는 새 술병으로 가득했다. 마트 밖에는 병 보증금 환급 기계가 있었고, 안에는 따지 않은 술병들 천지였다. 그 여정이 못내 부끄러웠던 건지 마샤는 수레를 꽃무늬 천으로 덮곤 했다. 건물 세입자들은 이미 다 아는 사실이었다.

수산나가 말했다.

"마샤가 알코올중독자라도 틀린 말을 한 건 아니잖아. 넌 중국인이 아니고, 그 사람은 아랍계니까. 그리고 그 사람이 잘못한 건데, 그 사람 문제까지 우리가 신경 쓸 필요는 없지. 괜히 피곤해질 뿐이야. 네가 싫으면 내가 마샤한테 고맙다고 할게. 널 도와줬잖아. 그건 고마운 게 맞지."

대화는 거기서 끝났다. 둘은 식사를 마치고 홈쇼핑 방송을 시청했다. 홈쇼핑에서는 이상한 꽃무늬가 그려진 다리미를 팔았다. 먼저 잠든 사람은 수산나였다. 은선은 텔레비전을 끈 다음 거실로 나왔다. 불을 켤 생각은 없었다. 그녀는 소파에 앉아 창문을 바라보았다. 바깥은 한 치 앞도 보이지 않을 만큼 어두웠다. 답답했다. 마음이 텅 비어버릴 때까지 어디든 쏘다니고 싶었다. 하지만 밤에 다니는 건 위험했다. 동양인 여성 혼자라면 더더욱.

내일 아침이면 모든 게 괜찮아지리라는 걸 알고는 있었다. 수산나와 가볍게 포옹하고 점심으로 뭘 먹을지 상의하거나 교수가 낸 과제를 두고 불평하다 보면 금세 반나절이 흘러갔다. 해가 지면 아직 감염되지 않았다는 사실에 조용히 기뻐하면서, 지루하고 평온하게 하루를 마무리할 수 있었다. 그러려면 수산나가 있는 침대로 돌아가야 했다. 조심스럽게, 발끝으로 걸어서. 잠들어 있는 수산나를, 잠든 척하는 수산나를 깨우면 안 되니까.

폭행당한 한인 유학생의 행방은 아무도 몰랐다. 궁금해하는 사람이 몇 있었으나 이내 자신이 감염되어 죽을지도 모른다는 생각에 매몰되었다. 사라졌다는 이야기조차 사라졌다. 한인 유학생은 그 말고도 많았다. 은선도 그중 하나였다. 애써 태연한 척 수산나만 붙잡고 있다가 어영부영 끝을 맞이할 순 없었다. 차라리 실패를 인정하고 새롭게 시작하는 편이 나았다. 그녀는 귀국하기로 마음먹었다.


아침 일찍 나갔던 수산나는 머리부터 발끝까지 비에 젖어서 돌아왔다. 전기난로며 카펫까지 다 벽장에 넣어둔 터라 집 안은 싸늘했다. 은선은 수산나의 코트와 마스크를 벗기고 수건으로 몸을 닦아주었다. 늘 들고 다니던 우산은 어쨌냐고 물었지만, 대답은 돌아오지 않았다. 내일모레면 출국이었다. 감기라도 걸리면 일이 복잡해졌다. 부산스럽게 움직이는 은선과 달리 수산나는 현관에 우두커니 서 있기만 했다. 그녀의 발치에 작은 웅덩이가 고였다.

"수산나, 얼른 들어와서 씻어. 제발."

"민디는 안 왔어?"

"민디? 고양이들은 물 싫어하잖아. 어디 피해 있겠지."

이런 상황에서도 민디 타령이라니. 은선은 수산나의 손을 잡았다. 얼음장처럼 차가웠다. 수산나가 손을 뿌리치더니 물었다.

"너, 처음부터 민디 데려갈 생각 없었지?"

은선은 대답하지 않았다. 어쩔 수 없었다. 민디를 데려가려면 준비해야 할 서류가 너무 많았거니와 좌석 값도 별도로 지불해야 했다. 그들에게는 그럴 시간과 돈이 없었다.

"독일에서 매일 산책하던 애야. 한국에 가면 갇혀 살아야 하는데, 얼마나 갑갑하겠어."

"어떻게 사람이 그래?"

"수산나, 너도 커뮤니티에 집 안 내놨잖아."

그 사실을 알게 되었을 때, 은선은 차분해졌다. 임차인을 구하지 않았으니 연락이 오지 않는 것도 당연했다. 수산나에게 화가 나거나 실망스럽지는 않았다.
자신처럼 수산나도 솔직하지 못했다. 한국에 가면 수
산나와의 관계를 재고할 생각이었다. 잠시 거리를 두
고 생각할 시간이 필요했다. 만일 헤어지더라도 나쁘게
헤어지고 싶지는 않았다. 천천히, 자연스럽게 멀어지고
싶었다. 어떤 다툼이나 갈등도 없이 마무리되길 바랐
다. 둘 다 싸우는 건 싫어했으니까.

"그래서, 그걸로 퉁치자고?"

"좋게 넘어가자는 거지. 지금 와서 따져봤자 뭐
해. 우리가 애도 아니고, 어쩔 수 없잖아."

"나 한국 안 가. 아니, 못 가. 가도 갈 곳이 없어."

"수진인지 경진인지 아는 언니 있다며?"

"임신했대."

"부모님은? 너희 집 인천에 있잖아. 인천이면 공
항도 가깝고 좋지."

"못 간다고, 도둑년 취급이나 받을 텐데 왜 가?"

"무슨 소리야?"

그 순간 은선은 어떤 대답이 돌아올지 알아차렸
다. 멍청한 질문이었다. 한국에 있을 적 수산나는 아버
지를 대신해서 교회 재정을 관리했다. 신도들이 내는

사사로운 헌금부터 기부금까지 거액의 돈이 쌓였다. 그 중 일부가 그녀 명의의 통장으로 들어갔다. 일종의 돈세탁이었다. 은선은 재정 증명서를 무사히 발급받았다는 데 기뻐서 수산나에게 아무것도 묻지 않았다. 그때는 너무 떠나고 싶었다.

"왜 말 안 했어?"

그 말에 수산나가 은선을 응시했다.

"왜냐고? 너 정말 끔찍하다."

"말해줄 수도 있었잖아."

"그랬으면 우리가 여기 올 수 있었겠어? 네가 그랬잖아. 여기 아니면 답이 없다고."

"내 탓만 하지 마! 우리가 상의해서 결정한 거잖아."

"네가 우긴 거지. 지금도 그렇고."

함께 보낸 세월만큼 그들은 서로가 어떤 말에 상처를 입는지 잘 알고 있었다. 논쟁 끝에 먼저 돌아선 사람은 수산나였다. 승자는 은선이었다. 그러나 이겼다는 쾌감도 잠시, 은선은 휘청거리는 수산나를 황급히 부축했다. 수산나의 얼굴이며 손이 뜨겁게 달아오르고 있었다. 은선은 수산나를 소파에 눕혔다. 먼저 젖은 옷부터 벗겨야 했다. 민디. 수산나는 민디를 찾으러 나가야 한다면서 은선의 손을 뿌리쳤다. 은선은 시계를 확인했다. 삼십 분 후면 통금이었다.

"곧 있으면 통금이야. 내가 나가서 찾아볼게."

"찾지도 않을 거면 나가지도 마."

은선은 찾아보겠다고 약속했다. 수산나가 믿으리라는 보장은 없지만 그래도 열이 펄펄 끓는 상태로 거리를 배회하게 둘 수는 없었다. 창문을 보니 비는 그친 후였다. 은선은 알몸이 된 수산나에게 벽장에서 꺼내온 담요와 이불을 덮어주었다. 그러고는 일어서려다가 수산나가 옷자락을 잡아당기는 바람에 엉덩방아를 찧을 뻔했다. 수산나가 갈라진 목소리로 중얼거렸다.

"나가지 마."

"나가야 민디를 찾지."

"나가지 마. 위험해……. 너까지 안 돌아오면 난 어떡하라고."

수산나의 손은 여전히 뜨거웠다. 은선은 다시 약속했다. 민디와 함께 돌아오겠다고.


집 근처 공원은 민디가 자주 산책하는 장소 중

하나였다. 비는 그쳤지만, 하늘을 찌를 듯이 높이 솟은 나무들로 달빛 한 점 비치지 않았다. 군데군데 가로등이 있긴 했으나 소용없었다. 어두운 데다 인적까지 끊긴 공원은 야생의 숲 그 자체였다. 은선은 손전등으로 길을 비추면서 걸었다. 스마트폰 지도에서 그녀는 광막한 면 한가운데 떨어진 점에 불과했다.

민디를 부를 때마다 땀에 젖은 마스크가 은선의 얼굴에 쩍쩍 달라붙었다. 가끔 부스럭거리는 소리가 들렸다. 등이 쭈뼛 섰다. 민디? 간신히 입을 열면 또 잠잠해졌다. 가로등들의 간격이 너무 멀었다. 은선은 애써 태연한 척 손전등을 이리저리 휘두르기도 했다. 아무도 없어서 무서웠지만, 누구와도 마주치고 싶지 않았다.

거대한 상수리나무 아래 조그만 가로등이 있었고, 그 아래 앙상한 나무 한 그루가 보였다. 가까이 다가가니 나무가 아니라 비쩍 마른 경관이었다. 경관은 은선을 훑어보았다. 그러고는 무슨 일로 돌아다니냐고 물었다. 9시부터 통금인데, 여차하면 벌금이라도 물릴 기세였다. 은선은 입만 뻐끔거리다가 간신히 생각나는 단어들을 꿰어 맞췄다.

"고양이를 잃어버렸어요."

　　다행히도 경관은 은선의 말을 믿는 눈치였다. 공원을 함께 한 바퀴 돌아줄 테니 얼른 귀가하라고 했다. 몇 주 전에 이 도시에서 동양인이 폭행당하는 사건이 있었으니 아직 조심해야 한다는 충고에 은선은 고개를 끄덕였다. 둘은 함께 공원을 걸었다. 경관은 주인의 목소리를 들으면 고양이가 나올지도 모른다고 했다. 은선은 처음 독일어를 배울 때처럼 머뭇거리면서 경관에게 말을 건넸다.

　　"고양이 길러보셨어요?"

　　경관이 고개를 끄덕였다. 천천히, 쉬운 단어로 또렷하게 대답했다. 그가 길렀던 고양이도 한 달 넘게 바깥을 떠돌아다닌 적이 있었다. 경관은 매일 창문을 열어두었고, 자신의 고양이가 좋아하는 간식을 일부러 창가와 문 앞에 놓아두기도 했다. 가끔 비슷한 고양이를 보면 근무 중이라도 홀린 듯이 따라갔다.

　　"그럼 어떻게 찾았나요?"

　　"어느 날 보니 돌아와 있었습니다."

　　"부럽네요. 영리한 고양이인가 봐요."

　　"영리하진 않습니다. 그냥 인정한 것뿐이죠. 길을 잃어버렸다는 사실을 인정해야 찾을 수 있지 않겠습니까. 고양이들은 고집이 세서 길을 잃어버렸다는 사실을 인정하려 들지 않죠. 그러니까 고양이를 잃어버렸다는 당신의 말은 틀렸습니다. 고양이가 길을 잃은 겁니다."

"그러면 기다려야 하나요, 고양이가 인정할 때까지?"

"당신도 인정해야 합니다. 그 친구 없이는 살 수 없다고."

인정만큼 어려운 게 있을까. 인정하는 순간 자신이 비겁하다는 걸 받아들여야 했다. 하지만 은선은 수산나가 무너지는 순간 깨달았다. 두려웠다. 점점 더 불안해질 미래나 감염에 대한 공포보다 먼저 수산나를 잃을지도 모른다는 생각이 들었다. 받아들여야 했다. 그녀는 여전히 수산나를 사랑하고 있었다. 비겁해질지언정 수산나를 영영 잃어버리고 싶진 않았다.

경관이 집에서 기다리는 사람이 있느냐고 물었다. 은선은 고개를 끄덕였다.

"그럼 이제 그만 돌아가십시오. 함께 있어 줘요. 기다리는 건 힘드니까요."

어느새 공원 입구였다. 은선은 경관에게 감사를

표했다. 경관이 손수건을 내밀었다. 더는 땀이 나지 않았으나 은선은 거절하지 않았다. 연푸른색 손수건은 가장자리가 낡고 해졌지만 부드러웠다. 그들은 서로의 건강을 빌어준 다음 헤어졌다. 달이 환해 돌아오는 길은 밝았다.

아파트 로비에서 은선은 희미한 음악 소리를 들었다. 계단을 올라갈수록 더 또렷해졌다. 그 멜로디는 마샤의 집에서 흘러나오고 있었다. 재즈였다. 귀에 익은 곡이었으나 제목은 기억나지 않았다. 마샤와는 어울리지 않게 낭만적이었다. 귀에 대고 속삭이듯 부드러운 색소폰의 호흡과 강물처럼 유연하게 굽이치는 피아노 소리. 은선은 난간에 기대서서 그 선율을 감상했다.

마샤는 이 허름하고 조그만 아파트가 인생의 전부인 양 굴었다. 지은 지 백 년도 더 된 아파트는 영화에서나 나올 법한 모양새였다. 첫날 밤 은선과 수산나는 벅찬 마음으로 서로의 손을 잡고 잠들었다. 내일은 어떤 일이 펼쳐질지 예상할 수 없었지만, 서로가 있어서 두렵지 않았다. 그리고 그들이 미처 예상치 못했던, 새로운 시련들이 닥쳐왔다.

방음이 되기는커녕 요령 없이 닫으면 깨지는 유리창들, 벽지는 날이 추워지면 파랗게 얼어붙었다가 따뜻해지면 녹아서 새까맣게 썩었다. 냉장고는 툭하면 고장 났다. 화장실 문은 손잡이를 힘껏 비틀어야 열고 닫을 수 있었다. 계단이 높아서 그들이 사는 삼 층까지 무릎을 꾹꾹 누르면서 올라가야 했고, 내려갈 때는 눈앞이 아찔해서 난간을 꼭 붙잡아야 했다. 괜찮아? 괜찮아. 은선과 수산나는 서로 걱정을 주고받으면서 하루하루를 살았다.

독일의 여름은 빛처럼 짧고 눈부셨다. 하늘은 푸르고 손발은 따뜻했다. 오렌지를 망에 넣어서 창문 바깥에 걸어두면 바람이 불 때마다 상큼한 향기가 났다. 은선과 수산나는 노천 식당에 앉아 맥주와 감자 요리를 먹으면서 먼 미래를, 너무 멀어서 가볍게 들리는 미래에 관해 이야기했다. 그러다가 식당에서 음악 소리를 높이면 일어나서 손을 맞잡은 채 춤을 추었다. 옆 테이블의 노부부처럼. 마샤의 집에서 들리는 저 곡조로. 그런 순간이 언젠가는 다시 돌아오게 될까, 두려워하지 않고 함께 미래를 이야기하게 될 날이.

현관문은 열려 있었다. 조용히 들어오라고, 수

산나가 속삭이듯 말했다. 민디가 그녀의 다리 위에 누워 있었다. 민디의 윤기 나는 검은 털가죽이 천천히 부풀어 올랐다가 꺼지기를 반복했다. 은선은 눈을 깜박였다. 고양이가 코 고는 소리는 처음 들었다. 그녀는 수산나에게 옷을 좀 털고 오겠다고 했다.

　　복도로 나오자 아래층에서 발소리가 났다. 마샤였다.

　　"밤중에 무슨 소란이야?"

　　"죄송해요. 민디가 돌아왔어요."

　　공기 중에 달큰한 술 냄새가 떠돌고 있었다. 잠시 후 마샤가 한결 누그러진 목소리로 말했다.

　　"잘됐네. 따뜻한 와인 좀 마실래?"

　　마침 몸을 데울 게 간절했던 참이었다. 은선은 계단으로 발을 내디뎠다.

　　"감사합니다."

　　와인은 뜨겁고 향긋했다. 어두우니까 조심해. 마샤가 춤을 추듯 두 팔을 휘젓자 복도 등이 켜졌다. 은선은 마샤의 말대로 조심스럽게 계단을 올라갔다. 양손에 머그 컵을 든 채, 수산나에게 할 말을 생각하면서. 이제는 솔직해질 시간이었다. 늦었지만, 서로 할 말이 많왔다. 또 다투게 되더라도 해야만 했다. 언제 끝날지 모르는 이 불안하고 두려운 순간 앞에서 무작정 도망치지 않기 위해서, 설령 새로운 시작이나 끝을 맞이하게 될지라도.

　　민디의 울음소리가 들렸다. 은선은 다시 문을 열었다.

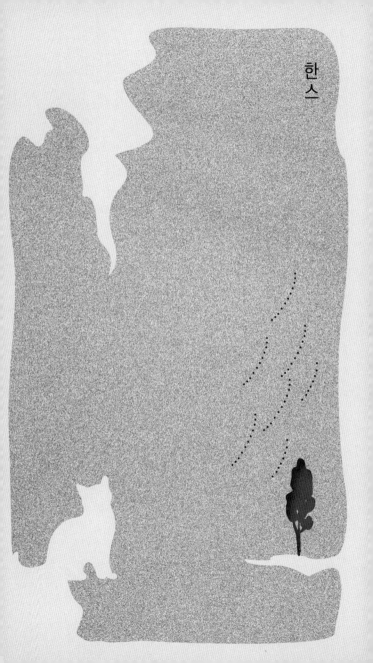

한스

감염병은 도시의 문제였다. 무라트가 도시에서 새로 환자가 왔다고 말했을 때, 한수는 반소매 유니폼에 카디건을 걸칠지 말지 고민 중이었다. 독일은 4월에도 추웠다. 무라트는 한수가 새로 온 환자를 맡게 될 것이라고 했다. 한수는 마스크를 쓴 다음 캐비닛을 닫았다. 오늘 한수가 봐야 할 환자만 다섯이었고, 무라트는 둘뿐이었다. 그래도 무라트는 한수가 그 환자를 맡아야 한다고 했다. 환자가 동양인이라는 이유에서였다.

"무라트, 동양인이라고 해서 서로 다 말이 통하진 않아."

"베를린에서 왔대. 바이올리니스트라던데."

"너야말로 같은 베를리너니까 통하는 데가 있겠네. 난 바이올린하고 첼로도 구별 못 해."

어차피 환자 배정은 그들의 소관이 아니었다. 한수는 무라트와 함께 치료실로 내려왔다. 먼저 와 있던 미하엘이 인사를 건넸다. 한수도 미하엘처럼 커피를 마시고 싶었지만, 차마 마스크를 내릴 엄두가 나지 않았다. 셋은 소파에 앉아서 환자가 오길 기다렸다. 보통은 축구 이야기를 했지만, 팬데믹 이후로는 뉴스나 신문기사를 두고 대화했다. 텅 빈 동물원, 버려진 요양원, 햄스터가 볼에 먹이를 쓸어 넣듯 장바구니에 물건을 쓸어 담는 사람들. 실상이 표제를 뛰어넘는 사건들이 연속적으로 일어났다.

그들은 안타까워하는 한편 믿을 수 없다는 듯이 정말이냐고 되물었다. 대도시는 쓰레기통 같았다. 비우고 또 비워도 누군가 있었다는 흔적들이 남아서 악취를 풍겼다. 무작정 도시를 봉쇄해 감염병 확산을 막겠다는 정책은 실패했다. 거리는 텅 비고 가게는 문을 닫았으며 사람들은 집에 고립된 채 천천히 썩어갔다. 한수가 사는 동네와는 상관없는 비극이었다.

무라트는 이 동네가 지루하다고 했다. 사람보다 나무들이 많은 동네였다. 나무들은 우거지다 못해 어두운 숲을 이뤘고, 곳곳에서 라인강을 따라 작은 시냇물이 흘러갔다. 차로 몇 분만 달려가면 수영하기 좋은 호수도 나왔다. 한수와 아이들이 헤엄치는 동안 은혜는 호숫가 옆 나무 그늘에서 책을 읽었다. 대도시와 달리 그들의 삶은 아무것도 변하지 않았다. 병원에서 일하느라 마스크를 쓰고 수시로 검사를 할 뿐.

"한스, 동양인들은 정말로 박쥐를 먹어?"

한수가 담담하게 대꾸했다.

"한국인은 박쥐를 안 먹어."

무라트는 똑같은 질문을 수없이 반복했고, 질문했다는 사실을 매번 잊어버렸다. 한수도 늘 똑같이, 아는 대로 대답했다. 일본과 중국은 어떤지 몰랐다. 아랍 국가에도 박쥐가 살지 않나. 물론 무라트가 베를린에서 나고 자랐다는 건 귀가 닳도록 듣긴 했다. 독일에서는 확실하지 않은 건 입 밖으로 내선 안 됐다. 자칫하면 끝없는 논쟁이 벌어질 수도 있었다. 무라트가 어깨를 움츠렸다.

"박쥐 때문에 바이러스가 퍼진 거라는데, 그 환

자도 박쥐를 먹고 싶어 하면 어떡하지?"

"그 사람이 한국인이길 기도해. 한스가 그랬잖아, 한국인이라면 박쥐를 안 먹겠지."

미하엘이 핀잔을 주자 무라트도 입을 다물었다. 미하엘은 한수가 만난 독일인 중 살가운 축에 속했다. 잘 웃고, 잘 도와주었다. 한수의 이름을 제대로 발음하지 못해서 한스라고 부르는 건 무라트나 미하엘이나 마찬가지였지만, 한수는 둘 다 직장 동료로서 나쁘진 않다고 생각했다. 더 가까워지거나 멀어지고 싶은 생각은 없었다. 적당히 농담을 주고받을 수 있는 사이, 그 정도가 안전했다.

새로 온 환자는 미하엘이 맡았다. 무라트는 다행이라며 가슴을 쓸어내렸다. 그러고는 한수에게 괜찮겠냐고 물었다. 당연히 한수는 괜찮았다. 괜찮지 않을 이유가 없었다. 오히려 괜찮지 않을 쪽은 무라트였다. 담당 환자가 줄어들수록 해고될 확률도 높았다. 베를린에서 나고 자랐다지만 무라트의 독일어 실력은 한수보다 못했고, 경력도 보잘것없었다. 한수는 그렇게 쏘아붙이는 대신 웃기만 했다.

한수가 치료실로 들어가자 나뭇가지처럼 바싹 마른 노인이 인사를 건넸다. 그레트헨. 교사였다는 그녀의 골반과 어깨는 오른쪽으로 틀어져 있었다. 겉보기에는 문제가 없어 보였으나 어깨와 등을 잇는 회전근개에 고질적인 염증이 생겨 팔을 뒤로 뻗지 못했고, 골반 가동성이 줄어서 걷다가 넘어지기 일쑤였다. 앉아 있어도 오른쪽 엉덩이가 배겨서 도로 일어나야 했다.

누우면 통증이 덜하다지만, 그레트헨은 그럴 생각이 없었다. 처음 만났을 때 그녀는 일흔 살이면 세계 일주도 가능한 나이가 아니냐고 물었고, 한수는 대답하지 않았다. 그레트헨의 주치의가 동네 정형외과에 진단서를 써줬고, 정형외과에서 처방한 통증 연고가 더는 듣지 않자 그레트헨은 결국 재활 전문병원에 입원했다. 그레트헨에게 남은 선택지는 두 가지였다. 진통제 중독과 재활. 한수는 모든 정황을 솔직하게 털어놓았다.

그레트헨의 오른쪽 다리 근육은 위축되었고, 어깨와 골반에는 퇴행성관절염이 왔다. 양쪽 발의 아치도 무너져서 툭하면 발목을 접질렸다. 그레트헨은 예전처럼 반려견 비트와 공원을 달리고 싶다고 했지만, 한수는 대신 산책을 권했다. 도수치료나 마사지, 약 처방은

일시적으로 상태를 호전시킬지언정 해결책은 되지 않
았다. 애초에 완벽한 회복이란 불가능했다. 끊어지거나
틀어지고 부러졌던 흔적들은 영영 몸에 남았다. 처음부
터 다시, 새롭게 배워야 했다.

　　물건을 쥐고 놓는 법, 앉거나 일어서고 기지개
를 켜는 자세까지 한수는 그레트헨의 모든 동작을 하나
하나 바로잡고 가르쳤다. 오늘은 걸음마를 배울 예정이
었다. 그는 그레트헨에게 발꿈치부터 디디며 걷되 엄지
발가락 쪽으로 조금 더 힘을 주라고 했다. 그래야 발목
을 접질리지 않고 걸을 수 있었다. 그레트헨이 땀을 닦
으며 말했다.

　　"어제 병동에 환자가 새로 들어왔다는데, 들었
어?"

　　"네. 미하엘이 맡기로 했어요."

　　"무라트가 간호사에게 당신이 맡아야 한다고 우
기던데. 동양인들은 서로 감염병을 옮기지 않을 확률이
높다느니 하면서."

　　맙소사. 한수는 웃으면서 고개를 저었다. 역시
무라트의 세상은 베를린과 아랍계 독일인 공동체, 인
터넷 커뮤니티가 전부였다. 대체 운동치료사 자격증 시

험은 어떻게 통과한 걸까. 교사였다는 그레트헨도 그런 낭설을 믿는지 궁금했지만, 한수는 묻지 않았다.

"전 이미 스케줄이 꽉 차 있어서 무리예요."

"한국인 같았어. 어제 잠깐 마주쳤거든. 예전에 내가 한국인 아이들을 가르친 적이 있는데, 아버지가 광부였어. 독일어 실력은 좋지 않았지만, 아주 얌전하고 잘 웃는 아이들이었지."

한수는 그레트헨의 말에 동의하는 척 고개를 끄덕였다. 겁에 질리면 꼼짝도 할 수 없고, 의미 모를 말과 행동들 사이에서 그나마 웃어야 상황을 무난하게 넘길 수 있었다. 그레트헨은 그 환자에게 병문안을 가보면 어떻겠냐고 했다. 같은 한국인들끼리 위로해줄 수 있을 테니까. 한수는 선선히 시간이 비는지 알아보겠다고 한 다음 말을 이었다.

"아내가 감사하다고 전해달래요. 그레트헨의 애플파이 레시피가 너무 훌륭하다던데요. 아이들이 너무 좋아하더라고요. 큰애는 앉은자리에서 세 조각이나 먹었어요."

세 조각이나 먹다니, 그레트헨은 이가 썩는다면서 혀를 찼다. 교사다운 태도였다. 은혜도 그레트헨 표

애플파이를 두 조각이나 먹었다. 한수의 입에는 너무 달았다. 굳이 사실대로 말하거나 맛있었다며 입에 발린 말을 할 생각은 없었다. 환자와 라포를 형성하기 위해서는 거짓말을 하지 않는 게 중요했다.

재활은 길고 지루했다. 회복은 더뎠고, 환자들의 인내심은 날이 갈수록 빠르게 닳았다. 몇몇 치료사들은 이제 다 끝났다는 거짓말로 그들을 달랬다. 그런 거짓말은 효과가 없었다. 아픈 사람은 아프지 않은 사람보다 더 빨리 거짓을 꿰뚫어볼 줄 알았다. 그리고 더 깊은 상처를 입었다.

한수는 차고 문이 잠겼는지 확인한 후 계단을 올랐다. 주홍색으로 환하게 빛나는 창문으로 아이들의 그림자가 아른거렸다. 신난 듯 뛰어노는 모습이었다. 열쇠로 문을 열고 들어가자 은혜가 현관에서 두 팔 벌려 그를 맞이했다. 저번에 말했던 교회 합창단 편곡 작업 중이었는지 머리가 산발이었다. 이번에는 바흐라고 했던가? 한수는 은혜를 꼭 껴안고 깊이 숨을 들이마셨다. 은혜가 즐겨 마시는 차의 쌉싸름한 향이며 짭조름한 땀 냄새, 함께 쓰는 샴푸 향이 났다.

그사이 요한과 파울이 달려와서 한수의 팔에 매달렸다. 같이 축구 게임을 하자고 졸라대기에 한수는 저도 모르게 웃음이 나왔다. 둘 다 축구클럽 소속이고 오늘도 신나게 운동장을 뛰어다녔을 텐데 질리지도 않는 모양이었다. 슈퍼마리오 등 다른 게임 타이틀은 거들떠보지도 않고 축구 게임만 했다. 은혜가 한수의 귓가에 대고 한국어로 속삭였다.

"당신 닮아서 그렇지. 공에 환장하잖아. 우리 첫 데이트가 농구 경기 관람이었던 거, 기억해?"

"결승전이었잖아. 자기도 궁금하다고 했고."

"그때는 당신이랑 어딜 가도 좋았으니까 그랬지."

"지금은?"

대답 대신 은혜는 짓궂게 웃었다. 한수는 은혜를 안은 채로 제자리에서 두 바퀴 정도 빙빙 돌았다. 아이들은 자기들도 해달라며 떼를 썼다. 은혜가 내려달라며 한수의 가슴을 두어 번 주먹으로 두드렸다. 그러고는 짐짓 엄격한 어조로 아이들에게 가서 손을 씻고 오라고 했다. 저녁 식사 시간이었다.

식사를 마친 후 한수는 그릇들을 설거지했다.

은혜는 거실에서 옷을 다리고 있었다. 축구 게임 효과
음이며 해설진의 목소리가 부엌까지 희미하게 들려왔
다. 다 독일어였다. 한수는 세제를 잔뜩 풀어놓은 물에
그릇을 담갔다가 빼고 헹구면서 습관처럼 귀에 들리는
독일어 단어들을 하나씩 읊었다. 달리다, 발로 차다, 끝
나다, 유효하다……. 그는 행주로 그릇들을 닦았다. 그
러지 않으면 그릇에 석회 얼룩이 졌다. 요한이 소리를
질렀다. 파울의 승리였다.

　　아이들을 재운 다음 한수는 논문을 읽고 은혜는
편곡 작업을 마저 했다. 창밖으로 새소리가 드문드문
들렸다. 아니면 바람 소리, 그 외에는 없었다. 한수는 기
지개를 켜면서 창가로 다가갔다. 드문드문 서 있는 가
로등들이 보였으나 그 뒤로 펼쳐진 숲에 비하면 가녀린
촛불에 불과했다. 이곳의 밤은 조용하고 어두웠다.

　　집들이 다닥다닥 붙어 있거나 첩첩이 쌓여 있는
베를린 같은 도시와 달리 이 동네는 단독주택이 대다수
고 서로 일정한 거리를 유지했다. 주민들은 토박이 아
니면 번잡한 도시에 싫증이 난 부자였다. 독특한 디자
인으로 지어진 별장들도 많았다. 에어비앤비로 사용하
는 건물은 물론이고 동양인도 드물었다. 마트 진열대는

비싸고 양이 적은 유기농 제품들 천지였다.

　도시에서는 그들을 향해 눈꼬리를 잡아 늘이는 아이들을 마주치곤 했지만, 여기서는 아무도 그러지 않았다. 모두 친절했다. 그저 자리를 내주지 않을 뿐. 은혜가 교회 합창단에서 활동하고 요한과 파울이 축구클럽에 가입할 수 있었던 건 다 한수의 동료 미하엘 덕분이었다.

　미하엘은 어릴 적부터 매년 부모님과 이 동네 끄트머리에 지어진 별장에서 여름을 보냈다. 유명한 건축가가 설계했다는데, 한수의 눈에는 골판지 상자들을 이어다 붙인 것 같았다. 미하엘은 아내 모니카와 함께 여기에 삶의 터전을 꾸리기로 마음먹었다. 더할 나위 없이 모범적인 사례였다. 그런 미하엘과 친하다는 건 일종의 특권이었다.

　오른팔에 부드럽고 따뜻한 것이 와 닿았다. 은혜가 한수의 팔에 머리를 비비면서 물었다.

　"별일 없었어?"

　"없었지. 자기는?"

　"나도."

　한수가 조심스럽게 은혜의 손을 잡았다. 은혜의

손은 중지보다 약지가 길었고, 손가락 끝마디들은 살짝 안쪽으로 꺾여 있었다. 만난 지 얼마 안 됐을 때 은혜는 한수가 자신의 손가락을 매만질 때마다 부끄러워했다. 자기 말고도 학과 동기들의 손도 다 이렇다면서 손을 아래로 감췄다. 한수는 그 손을 사랑했다.

사랑할 수밖에 없었다. 아무것도 없이 태어나서 벽처럼 우뚝 선 한계를 무너뜨리기 위해 계속 두드리고 부딪혀본 적 있는 사람들은 귀신같이 서로를 알아보았다. 그 악착스러운 몸부림을 짐작하는 만큼 서로를 끔찍하게 여겨 피하는가 하면, 묘한 친밀감을 느끼고 급속하게 가까워지곤 했다. 증오 아니면 사랑. 한수와 은혜는 후자였다. 그들은 서로를 사랑할 수밖에 없었다.

새소리마저 잠잠해지자 한수와 은혜는 하던 일을 정리하고 침실로 향했다. 아이들의 방이 있는 이 층을 지나는 동안 삐걱거리는 소리가 나지 않도록 조심스럽게 발끝으로 계단을 디디며 올라갔다. 잠들기 전 이런저런 말을 주고받다가 무방비하게 잠드는 게 그들의 행복이었다. 눈이 번쩍 뜨일 만큼 무거운 주제는 금지였다. 상대방이 혼자서 잠들어버려도 속상하지 않고,

내일 아침이면 다 잊어버려도 괜찮을 만큼 가벼워야 했다. 은혜가 잠꼬대처럼 읊조렸다.

"떡볶이 먹고 싶다."

한수가 은혜의 팔을 토닥이며 말했다.

"당면 잔뜩 넣은 순대도."

"낙지볶음."

"나는 낙곱새, 낙지 하나로는 만족 못 해."

"욕심이 너무 많은 거 아냐?"

"은혜야, 너 아니었으면 난 낙곱새가 뭔지도 몰랐을걸."

"누구는? 난 당신 때문에 치즈밥에 중독되었잖아. 체대에서 먹을 만한 게 치즈밥밖에 없다고 해서 따라갔다가 코 꿰였어."

"그 후문 쪽에 있는 거? 에이, 자기네 중학교 근처에는 분식집이 없었어? 내가 다녔던 학교들 근처 분식집에서는 늘 치즈밥을 팔았는데."

"우린 안 팔았어. 어쨌든 거기 치즈밥, 진짜 계속 생각나. 요한이랑 파울이 임신했을 때도 정말 너무 먹고 싶었어."

"말하지. 그럼 내가 만들어줬을 텐데."

"나도 따라 해보려고 했는데, 그 맛이 안 나. 진짜 너무 달지도 않고 짜지도 않은데 감칠맛이 나는 소스에다가 치즈가 절묘하게 어울려. 기억나? 치즈 더 달라고 했더니 할머니가 그러면 맛없다고 했잖아. 그런데 진짜였어. 너무 신기해. 할머니한테 비법 좀 물어볼걸."

한수는 종알거리는 은혜를 보면서 웃었다.

"그냥 밥에다가 떡볶이 소스 같은 거 뿌리고 치즈 녹인 거 아닌가."

"그게 아니더라고, 진짜 달라. 물어볼 걸 그랬어. 그때는 왜 안 물어봤을까."

체대 후문에서 십 분. 허름하지만 깨끗한 분식집이었다. 가겠다고 마음만 먹으면 얼마든지 갈 수 있는 곳이기도 했다. 그러나 십 년도 더 지난 과거였다. 지금 그들은 여기, 독일에 있었다. 한수가 자못 명랑한 목소리로 말했다.

"어차피 그때 할머니 연세도 꽤 되셨잖아. 지금은 없어졌을 거야."

옆에서 작게 코고는 소리가 들렸다. 한수는 슬쩍 은혜 쪽으로 돌아누웠다. 은혜가 잠꼬대하듯 웅얼거렸다. 무슨 말인지는 들리지 않았지만, 안타깝다거나 아쉽다는 말이겠거니 생각했다. 한수는 은혜의 이불을 덮어주었다. 은혜가 푹 잠들길 바랐다. 두려움이나 근심 한 점 없이. 잘게 코 고는 소리가 들리자 한수도 눈을 감고 잠을 청했다. 오늘도 무탈한 하루였다.

　　미하엘은 새로운 환자에게 점점 매료되었다. 환자는 한국인 바이올리니스트로 대학교에서 바이올린 최고 연주자 과정 중이라고 했다. 지도교수가 유명한 바이올리니스트라지만, 한수와 무라트는 이름을 들어도 누군지 몰랐다. 미하엘은 그 환자가 봉쇄 전 라이프치히에서 열릴 말러 페스티벌에 오케스트라와 함께 참가할 예정이었다고 했다. 연주곡은 말러의 교향곡 제2번, 제목은 '부활'이었다.

　　말러가 작곡한 교향곡 대다수는 연주단원뿐 아니라 합창단원도 많이 필요해서 일 층 무대 말고도 이 층, 기존 관객석까지 동원한다고 했다. 환자는 미하엘에게 연습 영상까지 보여주었다. 3악장은 팀파니로 시작하는데, 대규모 편성인 만큼 넓은 홀이라 소리의 전달 속도도 느려서 자칫하면 사고가 나기 쉽다고 했다. 그래서 타악기 주자들에게 제일가는 미덕은 눈치였다.

그 모든 이야기를 한수는 미하엘에게서 전해들었다. 미하엘은 말러와 바그너를 좋아한다고 했다.

"정통 클래식파라니, 챔피언스리그 주제곡만 듣는 줄 알았는데 의외네."

"챔피언스리그 주제곡이 헨델의 〈대관식 찬가〉를 편곡한 거잖아. 그 사람 지도교수가 바렌보임과 푸르트벵글러가 리허설하는 모습을 직접 봤대."

"그런 이야기는 또 어떻게 들었어?"

"다니엘이 식사 자리에서 들었대."

미하엘에게 들은 바로 유추해보면, 다니엘은 유망한 바이올리니스트고 독일어도 능숙했다. 좋아하는 작가가 괴테라니. 자신이 다녔던 독일어 학원 이름이었다. 베르너 헤어조크나 테오도르 아도르노는 생전 듣도 보도 못한 이름들이었으나 미하엘이 칭찬하듯 말하는 걸 보니 꽤 저명한 듯했다. 다니엘은 철저한 독일주의자 같았다. 그래서 미하엘이 더 애착을 보이는지도 모르겠다는 생각이 들었다.

사실 좋지 않은 징조였다. 치료사로서 환자에게 어느 정도 관심을 가질 필요가 있다지만, 미하엘은 좀 과했다. 어떤 환자들은 재활을 마치면 예전의 삶으로 돌아갈 수 있다고 믿었다. 그런 착각은 어릴수록 심했다. 그들은 치료사를 신처럼 여겼다. 자신을 씻은 듯이 낫게 해달라며 따랐다. 찬란했던 순간과 미처 이루지 못한 꿈을 들먹이며 호소했다.

과거는 독이었다. 간절히 바라도 돌아갈 수 없으니까. 치료사의 과한 관심은 도움이 되지 않았다. 환자가 치료사에게 더 간절히 매달리게 했다. 거짓말보다 더 무책임한 방식이었다. 환자들의 기분은 하루에도 몇 번씩 천국과 지옥을 오갔다. 희망과 절망 사이에서 어쩔 줄 모르다가 탈진해버렸다. 치료사의 역할은 환자에게 지금 있는 곳이 천국도 지옥도 아닌 현실이라는 사실을 깨우치는 데 있었다.

한수는 미하엘에게 아무 말도 하지 않았다. 현실을 위해서. 한수가 있는 현실은 은혜와 아이들이 있는 집이고 매일같이 출근하는 병원이었다. 텔레비전에서 끊임없이 나오는 감염병에 관한 소식은 할리우드 가십 같았다. 병원에서는 스태프들에게 마스크를 쓰고 손을 씻으라는 당부를 했지만, 미하엘의 마스크는 늘 턱까지 내려와 있었다. 커피를 마셔야 하니까. 아이들은 이맘때면 열리던 유소년 축구 시합이 취소되자 좀 실망

한 눈치였지만, 그래도 인적 없는 너른 들판에서 축구
를 하며 즐거워했다.

무라트가 바이올리니스트에 대해 언급했을 때,
미하엘은 마시던 커피를 내려놓았다. 한수는 일단 무라
트를 말렸다. 바이올리니스트의 담당 치료사는 미하엘
이었다. 견습 치료사도 아닌 이상, 바라지 않은 조언은
선을 넘는 참견이 되기 쉬웠다. 물론 무라트가 언급하
지 않아도 이미 병원 스태프 반 이상이 알고 있는 사건
이긴 했다.

봉쇄령 후 식료품점과 약국, 병원을 제외한 모
든 가게와 공공장소가 폐쇄되었다. 대학도 마찬가지였
다. 바이올리니스트는 몰래 대학교 교정을 드나들면서
레슨을 받았다. 그리고 전동 스쿠터를 타고 귀가하던
도중 폭행을 당했다. 한수는 이미 미하엘에게 들어서
알고 있었다. 미하엘은 바이올리니스트가 그 사건 이후
로 손을 제대로 움직이지 못해서 여기까지 왔다고 했
다. 관절이나 신경에는 별 이상이 없었다. 마음의 문제
였다.

“베를린에 사는 친구가 그랬어. 경찰이 조사도
제대로 하지 않고 수사를 종결했다던데.”

"무라트, 섣부른 추측은 그만둬. 내 환자가 왜 여기까지 왔다고 생각해? 도시에서 그런 헛소문에 시달리다가 여기까지 온 거야. 회복에는 심신의 안정이 중요하니까 제발 이상한 소문은 퍼뜨리지 말아줘."

"바이올리니스트가 폭행범들이 아랍계 애들이라고 그랬다며. 그러면 진작 범인이 잡혔어야지. 왜 아직도 수사 결과가 안 나온다고 생각해?"

"지금은 베를린이 봉쇄되었잖아. 경찰 수사에도 제약이 있겠지."

"난 왜 그런지 알겠는데. 내가 독일에서 아랍계 독일인으로 사는 동안 익숙해진 게 하나 있거든. 모든 문제의 원인을 하나로 몰아붙이면 편하다는 거."

"내 환자는 분명히 그렇게 말했어. 무라트, 넌 너무 감정적이야. 우리는 치료사로서 이성적으로 굴 필요가 있어. 네 사적인 감정을 좀 누그러뜨리는 게 좋겠다."

"이성? 좋지. 이성적으로 따지자면, 네가 먼저 하소연하고 다녔잖아. 미하엘, 네가 치료에 진전이 없다면서 떠들어댔지."

"무라트, 난 의견을 구한 거야."

"그래, 나도 의견을 말하고 있는 거야. 네 동료

로서."

미하엘은 고개를 젓더니 한수를 보았다. 모른
척하고 싶었지만, 한수는 애써 시선을 마주쳤다.

"한스, 넌 어떻게 생각해?"

대답하기에 앞서, 한수는 미하엘이 자신을 또
한스로 부르는 게 지긋지긋했다. 지적하면 사과는 받
겠지만 달라질 건 없었다. 미하엘이나 무라트나 똑같았
다. 한수는 미하엘과 무라트를 바라보면서 난처한 척
미소를 지었다. 그러고는 조심스럽게 말했다.

"아무래도 담당 치료사의 판단이 우선이지 않겠
어?"

솔직히 한수는 그냥 축구 이야기나 하고 싶었
다. 팬데믹 때문에 축구 시합도 계속 취소되었고, 신인
선수를 기용하는 드래프트는커녕 기존 선수들의 훈련
도 제대로 진행되지 않으니 딱히 할 만한 이야기가 없
기는 했다. 그래도 의기양양한 표정을 짓는 미하엘이나
그럴 줄 알았다는 듯 입꼬리를 씰룩이는 무라트를 마주
하는 것보다는 나았다.

무라트가 휴게실에서 나가자 미하엘은 한수를
향해 눈을 찡긋거렸다. 무슨 한패거리라도 되는 것처

럼. 다행히도 미하엘은 무라트에 대해 일언반구도 하지 않았다. 좀 전의 일은 없었다는 양 아이들 이야기를 꺼냈다. 미하엘의 아들 루카스가 자신도 요한처럼 여동생이 아니라 남동생이 있었다면 드리블을 더 잘했을 거라고 우겼다는 말을 듣고 한수는 웃었다. 감상보다는 안도에 가까웠다.

오히려 요한은 루카스를 부러워했다. 자신도 안나처럼 귀여운 여동생이 있다면 얼마든지 게임에 져줄 용의가 있다나. 파울도 제 형에게 지지 않고 맞받아쳤다. 어차피 져주려고 하지 않아도 지는 판에 무슨. 한수의 이야기에 미하엘도 배를 잡고 웃었다. 그 모습에 한수는 마음이 놓였다. 무라트는 아직도 돌아오지 않았다. 대화는 순조롭게 축구클럽에서 준비하는 자선 경매로 넘어갔다. 감염병 피해 지역을 위한 모금을 진행할 예정이었고, 한수도 알고 있었다.

"모니카가 그러는데, 식음료 판매 허가는 안 나올 것 같대. 대신 경매는 가능할 것 같다나. 온라인으로도 참여할 수 있도록 한다니 잘 진행되겠지."

"파울은 자기 소프라니노 리코더를 팔겠대. 안나가 사가기로 약속했다는데?"

"루카스보다는 낫네. 루카스는 뭔 영화를 봤는지 배구공에 얼굴을 그려서 경매에 내놓겠다고 우겨댔어."

"장담컨대 이름을 윌슨이라고 지을 거야."

"행사 준비 때문에 모니카가 한동안 바빴는데, 그래도 일손이 하나 더 늘어나서 다행이야."

"누군지 몰라도 고맙네."

"누군지 모르다니, 아내가 이야기 안 했어? 같은 나라 사람이라던데."

"들었는데, 잊어버렸나 봐."

한수는 일단 웃기로 했다. 독일에서는 웃으면 실없게 군다는 핀잔을 들었지만, 웃는 얼굴에 침 뱉는 사람이 없다는 건 만국 공통이었다. 약간의 농담까지 곁들이면 더는 말꼬리를 잡지 않았다. 처음 독일에 왔을 때 한수는 마트 계산원이 속사포처럼 쏘아붙이는 말을 알아듣지 못했다. 계산을 잘못한 쪽은 계산원이었다. 그는 웃으면서 확인해달라는 말만 반복했다. 한화로는 만 원이 안 되는 돈이라도 당시에는 아까웠다. 결국에는 돌려받았다. 그거면 됐다고, 그는 만족했다.

아이들이 잠든 후 한수와 은혜는 늘 그랬듯 거실에서 함께 시간을 보냈다. 은혜가 노트북으로 뭔가 정리하는 동안 한수는 논문 대신 파울이 읽던 동화책을 뒤적거렸다. 그림 형제가 쓴 독일 민담집이었다. 약삭빠른 한스, 운 좋은 한스, 영리한 한스, 어리석은 한스, 행복한 한스……. 파울은 한스라는 이름이 나올 때마다 아빠를 찾았다. 처음에는 은혜가 파울을 붙잡고 아빠 이름을 제대로 발음하는 법을 가르쳐주었다.

정작 한수는 한스로 불러도 괜찮다고 했다. 독일에서 한스는 한국의 철수처럼 흔한 이름이었다. 은혜가 그게 문제가 아니라며 답답해했다. 왜 그러는지 한수도 알고 있었지만, 정말로 괜찮았다. 요한과 파울의 삶에서 한국어가 차지하는 비율은 독일어에 비하면 극히 적었다. 아이들은 학교 선생님과 친구들과 독일어로 대화했다. 숙제로 독일어로 쓴 책을 읽고 독일어로 감상문을 써갔다. 은혜와 한수도 단둘이서만 한국어를 썼고, 아이들 앞에서는 독일어로 대화했다.

한국은 아이들에게 멀고 낯선 외국이었다. 언젠가 아이들이 한국에 간다면, 아주 먼 미래에나 가능할 것이다. 한수는 한국으로 돌아갈 생각은 물론이고 방문

할 의사조차 없었다. 물어본 적은 없지만, 은혜도 마찬가지이리라 짐작했다. 한국은 소용돌이 같은 곳이었다. 휩쓸려가지 않기 위해 버텨도, 살아남으려면 결국에는 함께 휩쓸려야 했다. 어디에 다다를지 모르고, 모르는 척하면서. 그들은 거기서 간신히 벗어났다.

은혜가 노트북을 덮었다.

"오늘 병원은 어땠어?"

늘 하던 질문이지만, 한수는 잠시 뜸을 들였다.

"어제와 똑같지. 당신은?"

그리고 기다렸다. 은혜가 대답했다.

"나도 별다를 건 없었어."

한수가 바라던 반응은 아니었다. 적어도 은혜가 자신에게는 솔직하길 바랐다. 미하엘에게 캐묻지 못했던 것들까지 남김없이 이야기한 다음 약속해줬으면 했다. 그 사람이 어떤 사람이든 절대로 가까이 지내지 않겠다고. 물론 한수도 은혜에게 병원에 새로 환자가 들어왔다거나 그 환자가 한국인이라는 사실을 말한 적이 없었다. 어쩌면 모니카에게 이미 들어서 알고 있을지도 몰랐다.

평소와 같은 말투로 한수가 물었다.

"미하엘에게 들었는데, 축구클럽 회원이 늘었다
면서?"

"응. 마침 이 동네로 이사 온 가족이 있는데 애
가 축구를 좋아한다나 봐. 다행이지."

"파울 또래인가?"

"요한보다 한 살 어리고, 파울보다는 한 살 많
아. 요한을 잘 따르더라고."

잘됐네, 잘됐다. 한수는 기계적으로 맞장구를 쳤
다. 머릿속이 복잡했다. 그 집 아이는 요한과 파울에게
독일어와 한국어 중 어느 언어로 말을 걸었을까, 너희
는 왜 한국인이면서 한국어가 서투냐며 답답해하진 않
았을까. 은혜도 난처했을 것이다. 여기까지 와서 한국
인을 만나다니. 그 사람들이 얼마나 성가시게 굴었을지
상상하면 한수는 절로 한숨이 나왔다. 은혜는 너무 마
음이 약해서 도움이 필요한 사람들을 외면하지 못했다.

미국이나 영국, 프랑스도 아닌 독일로 유학을 오
는 사람 중 반 이상은 스스로 발판을 마련하는 데 익숙
한 사람들이었다. 한수와 은혜도 마찬가지였다. 독일은
학비가 무료지만, 학생 비자를 받는 건 쉽지 않았다. 부
모님과 친구들은 굳이 독일까지 가서 다시 대학교를 다

녀야 하느냐고 물었다. 한수는 은혜가 작곡과라서 유학
을 다녀와야 한다는 핑계를 댔다. 어떻게든 한국을 떠나
고 싶었다. 은혜는 한수와 함께면 어디든 좋다고 했다.

　　독일행 비행기에 오른 순간 한수와 은혜는 최종
관문을 통과한 것처럼 기뻐했지만, 독일에서의 일상은
모든 것을 처음부터 다시 쌓아 올리는 과정의 반복이었
다. 자신의 독일어가 거리에서 공을 차는 초등학생보다
못하다는 걸 받아들여야 했다. 불친절한 점원의 행태도
못 본 척 넘겼다. 갑자기 얼굴을 들이밀면서 눈꼬리를
잡아 늘이거나 너희 나라로 돌아가라고 소리쳐도 들리
지 않는 것처럼 태연히 지나갔다. 비겁할지언정 무시가
최선이었다. 그들은 살아남아야 했다.

　　일식 레스토랑에서 아르바이트할 때, 어느 독일
인은 한수에게 물었다. 너희 동양인들은 웃을 줄밖에
모른다며? 그러고는 제 일행들과 무슨 재미있는 농담
이라도 되는 듯이 웃어댔다. 한수는 아무 말도 하지 않
았다. 웃기만 했다. 미처 하지 못한 말들이 마음속에 줄
줄이 쌓이고 엉켰지만, 알고 있는 독일어 문장들은 너
무 단순하고 짧았다. 귀갓길에서 그는 중얼거렸다. 당
신에게 부탁 하나 해도 될까요? 날 함부로 바보 취급하

지 마.

정착 초기에 은혜와 한수는 매일같이 싸웠다. 한국에서는 거의 싸울 일도 없었고 둘 다 싸우느니 차근차근 상의하는 편이 낫다고 생각했다. 그러나 독일에서는 싸우는 게 최선이었다. 점점 서툴고 연약해지는 자신을 마주하느니 서로 물어뜯고 할퀴면서라도 버텨야 했다. 독일 유학생 커뮤니티에 글을 올렸다. 이게 맞나요, 아니면 틀렸나요? 길을 잃은 아이처럼 아무 옷자락이나 잡으려고 들었다. 그때는 어떤 친절에는 대가가 따른다는 사실을 몰랐다.

은혜의 말에 따르면, 새로 온 사람은 모두에게 친절하다고 했다. 한수는 물었다.

"괜찮은 사람 같아?"

"응. 자선 행사도 돕겠대. 같이 회원들 집을 돌아다니면서 경매에 내보낼 물품들을 받아서 정리하기로 했어."

은혜는 어떤 사람이든 좋게 봤다. 뛰어난 장점이자 치명적인 단점이었다.

"모니카하고 하는 편이 낫지 않겠어?"

"왜?"

"왜냐니, 모니카는 축구클럽에도 오래 있었고 동네에서 평판도 좋잖아."

"그래서 모니카가 엄청 바빠. 다들 모니카만 찾거든. 조금이라도 도와줘야지."

"시국이 이런데, 모르는 사람을 집에 들이고 싶겠어?"

"저번에 같이 인사도 해서 초면은 아니야."

"꽤 됐나 보네."

"싫어?"

"그런 거 아니야."

"아니긴 뭐가 아냐."

뭔가 부딪치는 소리가 들렸다. 나뭇가지가 창문을 두드리고 있었다. 바람이 그치자 다시 조용해졌다. 한수가 말했다.

"난 당신이 모니카랑 좀 더 친해졌으면 좋겠어."

의자 다리가 바닥에 끌리는 소리가 들렸다. 은혜는 한수를 조심스럽게 끌어안았다. 그러고는 조심스럽게 물었다.

"요즘 미하엘하고 사이가 안 좋아?"

한수는 말없이 고개만 끄덕거렸다.

"내가 애들 때문에 당신한테 신경을 못 썼네. 어떡하니, 그동안 힘들었지."

미안하다고, 은혜는 몇 번이고 사과했다. 한수는 은혜의 머리카락에 얼굴을 파묻은 채 눈을 감았다. 위층에는 아이들이 잠들어 있고, 밖은 고요하며 자신과 은혜는 함께였다. 행복했다. 이 행복을 지키기 위해서라면, 그는 무엇이든 할 수 있었다. 독일 민담집에 나오는 한스들도 행복한 결말을 위해 약삭빠르게 눈치를 보거나 가여운 척 동정을 구하고 시치미를 떼는 등 온갖 수단을 동원했다. 한수라고 해서 못할 건 없었다.

미하엘이 결근했다는 소식을 한수에게 제일 먼저 전한 사람은 무라트였다. 어젯밤부터 미하엘이 고열에 시달렸다고 했다. 어제 한 감염병 검사 결과는 음성이었지만, 바이러스 잠복 기간을 고려하면 병에 걸렸을지도 몰랐다. 마스크를 턱까지 내리고 있거나 춥다는 이유로 창문도 열어놓지 않고 샌드위치를 먹던 직원들 모두 방역이 시급하다며 이리저리 뛰어다녔다. 한수는 무라트와 함께 소독제로 흥건한 복도를 가로질렀다.

"아마 그 바이올리니스트한테 옮았을 거야."

"입원할 때 검사했대. 음성이라던데."

"보균자일지도 몰라. 그런 사례가 얼마나 많은데? 페스트, 메르스, 사스……."

"만약 그렇다면 그 바이올리니스트에게도 추가 검사가 들어갔겠지. 격리하면 안전할 거야."

"코호트 격리 조치가 떨어지면 어떡해? 나는 혼자 살지만, 한스는 아내랑 애들이 있잖아."

무언가 울컥 치미는 기분에 한수는 무라트를 바라보았다. 마음 같아서는 끌어안아주고 싶었지만, 지금은 같이 걷는 것으로 만족했다.

바이올리니스트의 재검사 결과는 음성이었다. 병원에서는 당분간 미하엘 대신 한수가 치료를 맡아주길 바란다고 했다. 말이 권유지 통보였다. 무라트는 미하엘이 다 나을 때까지 치료도 중단해야 한다고 주장했지만 감염병에 걸리지 않은 이상 환자에게는 치료받을 권리가 있었다.

치료실로 들어가자 창가에 서 있는 바이올리니스트의 뒷모습이 보였다. 한수는 차트에 적힌 이름을 불렀다.

"김지운 씨."

그 소리에 바이올리니스트가 바로 한수를 돌아보았다.

"한국인이세요?"

바이올리니스트의 목소리에 반가운 기색이 역력했다. 이런 시골에 한국인이 있을 줄은 예상하지 못했을 터였다. 한수와 은혜가 시골로 온 이유기도 했다. 한수는 고개를 끄덕인 다음 세례명이 다니엘이냐고 물었다. 종종 천주교 신자들은 세례명을 이름처럼 사용하기도 했으니까. 바이올리니스트가 웃으면서 아니라고 했다.

"아시잖아요. 독일인들이 한국 이름을 발음하기 어려워하는 거요. 제 이름은 지운인데 계속 이오인이라고 부르더라고요. 이오인, 이오인. 무슨 외계인도 아니고. 그래서 배려하는 차원에서 닉네임 하나 지은 거죠."

한수는 웃지 않았다.

"그렇군요."

"미하엘이 제 이야기를 하던가요?"

"치료사들은 종종 환자의 치료법을 두고 상의하곤 합니다. 업무의 일환이에요."

"동료 중에 한국인이 있다는 이야기를 한 적이

있어요."

"그렇군요."

바이올리니스트가 한수의 가슴팍에 달린 명찰을 그대로 읽었다. 이한수 씨.

"한국 이름을 그대로 쓰시네요. 하긴, 지운보다는 한수가 발음하기 쉽죠."

한수 역시 한스라고 불리긴 했지만, 굳이 말할 필요는 없다고 생각했다. 한수는 차분한 목소리로 현재 바이올리니스트가 놓인 상황을 설명해주었다. 발열 상태라거나 전염 가능성 등 조금 길고 어려운 독일어 단어들을 한국어로 말하자니 부연하듯 말이 길어졌지만, 바이올리니스트는 중간 중간 고개를 끄덕이는 등 경청하는 태도였다. 질문이 있는지 묻자 고개를 저었다. 궁금했던 건 간호사가 와서 설명했을 때 다 물어봤다고 했다.

"이미 들으신 건데, 제가 괜히 시간을 뺏은 셈이네요."

"아뇨, 일부러 그랬습니다. 좋아서요. 한국어로 이야기하는 건 정말 오랜만이네요."

한수는 바이올리니스트에게 문제의 왼팔을 최

대한 높이 들어보라고 했다. 차트에 적혀 있겠지만, 미하엘의 글씨는 흘림체보다 악필에 가까웠다. 그리고 직접 봐야 더 정확하게 판단할 수 있었다. 바이올리니스트는 한수의 말대로 왼팔을 들어 올리려고 했다. 이까지 악물고 용을 쓰는 듯했지만, 고작 사십 도 정도가 다였다. 만성 퇴행성관절염에 시달리는 칠십대 환자보다 못했다. 초조한 기색이 바이올리니스트의 얼굴에 스쳤다. 한수는 그 역시 차트에 기록했다.

팔을 들어 올렸을 때 통증이나 위화감이 있느냐는 질문에 바이올리니스트가 고개를 끄덕거렸다. 움직이려고 해도 나무토막처럼 아무 감각이 느껴지지 않고, 어딘가 부딪히면 물풍선처럼 터질 것처럼 위태롭다고 했다. 잠든 사이에 누가 팔을 바꿔치기한 기분이라며 웃었다. 웃을 일이 아닌데 웃었다. 한수는 차트에 시선을 고정한 채 어떤 통증이 느껴지는지 설명해보라고 했다. 바이올리니스트의 입술이 달싹였다. 한수는 다시 한국어로 질문했다.

"어떤 통증이 느껴져요?"

바이올리니스트는 눈을 크게 뜬 채 한수를 바라보았다. 그러고는 천천히 대답했다.

"가슴께가 욱신거리고 어깨는 삐걱대요. 플라스틱 인형처럼 억지로 올리거나 젖히면 팔이 부러질 것같아요. 대학 입시 때 어깨 탈구가 몇 번 온 적은 있지만, 그 느낌은 아니에요. 조금만 올려도 팔꿈치부터 팔목까지 따끔거려요."

"감전된 것처럼요?"

대답하는 바이올리니스트의 목소리에 살짝 웃음기가 스며들었다.

"감전된 적은 없는데, 그렇습니다."

기록을 마친 후 한수는 바이올리니스트에게 팔을 아래로 쭉 뻗으면서 기지개를 켜보라고 했다. 바이올리니스트는 순순히 시키는 대로 팔을 뻗었다. 한수는 팔꿈치와 손목, 손가락을 만지면서 힘이 제대로 들어갔는지 확인했다. 피부 아래로 돋아난 새파란 힘줄과 살짝 휘어진 손가락 관절들이 보였다. 신경이나 관절에는 아무 이상이 없었다. 전형적인 외상후스트레스장애로 인한 심인성 증세였다.

"자, 저 앞에 친구가 있다고 생각해봅시다. 한번 왼손을 흔들어서 인사해볼까요? 가까이 있으니까 조금만 흔들어도 될 겁니다."

바이올리니스트는 한수의 말에 고분고분 따랐지만, 효과는 없었다. 가상의 친구가 하염없이 멀어져도 인사조차 제대로 하지 못했다. 바이올리니스트의 등은 땀으로 젖어 있었다. 한수는 마음에도 없는 말을 했다. 수고했다고, 이전 기록을 보니 조금씩 좋아지고 있다며 격려를 늘어놓았다. 이미 예상한 결과였다.

차도가 보이지 않는다고 해서 다른 치료법을 써보자고 권할 순 없었다. 바이올리니스트는 미하엘의 환자니 미하엘이 결정할 문제였다. 한수는 미하엘의 복귀가 늦어지면 다른 치료사가 들어올 수도 있다고 알려주었다. 혹시 튀르키예계 치료사가 불편할 경우 데스크에 말하면 자신이 대신 들어오겠다고도 했다. 한수가 바이올리니스트에게 해줄 수 있는 배려는 그게 다였다. 바이올리니스트가 물었다.

"왜요?"

"미하엘이 그러던데, 사건의 범인이 아랍계 사람들이라고 해서요. 그러면 아무래도 치료받을 때 불편한 기억이 떠오를 수 있으니까요."

"아닌데요."

"뭐가요?"

"절 때린 건 아랍계 사람이 아니에요."

"미하엘이 당신에게 들었다던데요."

"그 사람이 처음부터 그러던데요. 아랍계 사람이 범인 아니냐고. 그래요. 그들이 자주 시비를 걸긴 했죠. 하지만 맞은 적은 없어요. 절 때린 건 독일인들이었어요."

"폴란드인이나 우크라이나인과 착각한 건 아니고요?"

"아뇨."

어느 순간부터 바이올리니스트는 독일어로 말했다. 다소 딱딱하게 들리는 말투였다. 실망한 기색이 역력했지만, 한수는 모른 척했다. 바이올리니스트의 담당 치료사가 아닌 이상, 그의 역할은 여기까지였다. 미하엘에게 월권이라며 비난받고 싶진 않았다.

"지운 씨, 모든 독일인이 그렇지는 않아요."

바이올리니스트는 대답이 없었다. 한수가 재차 이름을 부르자, 마치 방아쇠라도 당긴 양 바이올리니스트가 주먹으로 테이블을 내리쳤다. 한수는 문밖으로 고개를 내밀고 복도를 확인했다. 다행히 아무도 없었다. 씨근덕거리던 바이올리니스트의 호흡이 차차 가라앉았다. 그가 이내 차분해진 목소리로 말했다.

"틀린 말은 아니에요. 그런데 틀렸어요. 모든 독일인이 그렇진 않겠죠. 하지만 그렇다고 해서 내가 당했던 일이 없는 일이 되진 않아요. 다시는 일어나지 않는다고 보장할 수도 없고요. 당신도 내가 잘못했다고 생각합니까? 그래도 난 한국으로 돌아가지 않을 거예요. 한국에서는 아무리 뛰어난 음악가라도 운이 따라주지 않으면 먹고살기 힘드니까……."

어딘가 익숙하다는 느낌이 들었고, 이내 한수는 불쾌해졌다. 거리가 필요했다. 그는 바이올리니스트의 말이 끝나기도 전에 다음 치료 일정이 있다는 핑계를 댄 후 치료실 문을 닫고 나왔다. 복도는 고요했다. 어차피 오늘 치 치료는 다 끝났다. 자기 감정에 도취해선 엄살을 부리는 것만큼 꼴사나운 모습이 어디 있을까. 은혜가 그의 속마음을 들었다면 독일인이 다 되었다고 놀렸을 것이다.


폭력은 감염병과 비슷했다. 기민하게 먹잇감을 찾아내서 목덜미를 물고 휘두르다가 숨이 끊어지기 직전에 내팽개쳤다. 폭력의 예고나 타당한 이유를 찾아내는 건 멍청한 짓이었다. 폭력은 예방할 수 있는 게 아니니까. 폭력은 돌연 다가와서 모든 걸 송두리째 앗아갔다. 인간은 얼마나 부서지기 쉬운가. 완전한 회복이란 환상이고 기만에 불과했다. 다시 뼈가 붙고 살갗이 아물어도 부서진 흔적은 몸에 고스란히 남았다. 폭력이 약탈한 건 뼛가루나 살가죽 몇 점이 아니었다. 전부였다. 그런데도 어떤 사람들은 폭력을 극복하기 위해 폭력을 먼저 용서하라고 종용했다. 용서를 바라지 않는 자들을 어떻게 용서할 수 있을까?

차가운 바닥에 내동댕이쳐져 무력하게 홀로 남겨졌던 기억은 절대로 사라지지 않았다. 한국에 있을 당시 한수는 배구단 선배와 비슷한 뒷모습만 마주쳐도 우뚝 멈춰 서곤 했다. 무릎이 저려서 걸을 수가 없었다. 가벼운 경질과 벌금. 두 차례의 항소 끝에 한수가 얻어낸 건 그게 다였다. 당사자들을 제외한 대다수가 그 결과에 만족했다. 이제 끝났으니 용서하라고, 새롭게 시작하면 된다며 타일렀다.

한수와 은혜는 모든 게 지긋지긋했다. 삶이 끝난 것처럼 구는 건 한수가 아니라 그런 사람들이었다. 그래서 독일로 떠났다. 하지만 폭력은 어디에나 있었다. 한국이든 독일이든. 독일에서 한수와 은혜는 한인 교회에서 들리는 한국어에 위안을 받고 나눠주는 김치와 한국 음식에 방심하고 행복해했다. 순진했던 순간은 그때가 마지막이었다.

그 일이 일어난 후 한수와 은혜는 한인 교회에 발길을 끊었다. 한수와 친하게 지내던 청년회 위원은 혹시 은혜가 마음을 바꾸거나 은혜의 몸에 이상이 있을 때 연락을 달라고 했다. 그런 불미스러운 일이 일어났지만, 계속 은혜와 함께 살 용의가 있다면……. 보상 운운하는 모습이 꽤 익숙해 보였다. 어리석은 한스, 한수는 너무 늦게 깨달았다. 이번이 처음이 아니구나.

그러니까, 폭력은 어디에나 있고 언제든 벌어질 수 있었다. 한국이든 독일이든. 자동차 헤드라이트를 맞닥뜨린 짐승처럼 얼어붙어버리면 살아남지 못했다. 자신에게 붙어 있는 팔과 다리의 존재를 깨닫고, 움직여서 그 자리를 벗어나는 게 최선이었다. 하나하나 반응하다가는 미쳐버렸다. 한수는 은혜와 자신이 미치는 걸 원치 않았다. 새롭게 살아가고 싶었다. 새로운 삶을 위해서는 모든 걸 새롭게 배워야 했다.

다음 날 병원 데스크 직원이 모니카의 연락을 받았다. 미하엘은 단순한 감기였다.

한수는 은혜를 깨우지 않으려고 천천히 돌아누웠다. 주홍색 빛이 은혜의 머리부터 살짝 웅크린 어깨, 완만하게 곡선을 그리는 팔까지 부드럽게 타고 흘렀다. 요한과 파울이 선물한 수면용 조명에서 나오는 빛이었다. 은혜는 가끔 밤늦도록 잠을 이루지 못했다. 책상에 앉았다가 스마트폰을 만지작거리기를 반복하면서 밤을 새우다가 아침에 거실 소파에서 웅크린 모습으로 발견되기 일쑤였다. 한수가 해줄 수 있는 건 기다렸다가 담요를 덮어주는 일뿐이었다. 부드럽고 따뜻하며, 소리가 나지 않는 담요.

조명을 선물로 받았을 때 은혜는 기쁜 표정을 했다. 아이들을 안아주면서 멋진 선물이라고 거듭 말했지만, 침실에서 한수와 둘만 남았을 때는 물끄러미 창밖을 바라보고 있었다. 그러고는 아이들이 너무 빨리 자라버렸다고 했다. 자라는 걸 막을 수는 없잖아. 한수가 우스갯소리를 했지만, 은혜의 표정은 풀리지 않았다. 아이들은 보여주는 것만 보고, 말해주는 것만 믿는 순간을 지나가고 있었다. 자란다는 건 더 많은 걸 볼 수 있다는 걸 의미했다.

불행인지 다행인지 모르지만, 수면용 조명을 선물로 받고 난 후로 은혜가 거실에서 발견되는 횟수는 차차 줄어들기 시작했다. 정말로 수면용 조명의 효과가 있었던 걸까. 은혜에게 물어보면 알 수 있을 텐데도 한수는 쉬이 물어볼 수가 없었다.

한수가 눈을 감은 순간, 은혜의 목소리가 들려왔다.

"잠이 안 오나 보네."

"자야지. 깼어?"

"응."

깬 사람치고는 목소리가 또렷했다.

"미안해. 내가 뒤척거려서 깼나 보다."

"아냐. 병원에서 무슨 일 있었어?"

"없어. 미하엘도 내일이면 복귀하고."

은혜는 여전히 그로부터 돌아누워 있었다.

"행사 준비, 모니카랑 하게 됐어."

어떠냐고 묻는 듯한 어조였다. 한수는 은혜의 등을 바라보다가 입을 열었다.

"다행이네."

"왜?"

"파울이 안나 좋아하잖아."

은혜가 한수를 향해 돌아누웠다.

"파울이?"

"자기도 아는 줄 알았는데. 전에 우리 공룡 박물
관 갔을 때 파울이 사 달라고 떼썼던 공룡 인형, 안나한
테 선물로 주려고 했던 거야. 안나는 별로 안 좋아해서
돌려줬대."

웃음 섞인 목소리로 은혜가 대꾸했다.

"파울은 선물 고르는 감각이 별로네. 자기가 좋
아하는 걸 주면 어떡해. 그 사람이 좋아하는 걸 줘야지.
난 하나도 몰랐네. 온종일 붙어 있는데. 당신은 어떻게
알았어?"

"원래 가까이 있을 때 안 보이는 것도 있는 거
야. 그리고 안나는 요한을 좋아한대."

끔찍하지, 한수가 속삭이듯 말하자 은혜는 결국
웃고 말았다.

"정말 끔찍한 삼각관계네."

"자기랑 모니카가 자주 만나면 파울도 안나랑

친해질 기회가 늘어나잖아. 난 파울이랑 안나가 잘 어울린다고 봐. 요한한테는 안나가 여동생으로만 보일걸."

"벌써 애들 연애사에 끼어들면 나중에는 어떡하려고 그래."

둘은 한 시간 넘게 떠들었다. 먼저 곯아떨어진 쪽은 은혜였다. 한수는 가만히 천장을 주시했다. 이대로 눈을 감고 있다 보면 기절하듯 잠들 것 같았다. 하지만 오늘은 꾸고 싶은 꿈이 있었다. 총리는 내년이면 봉쇄가 끝날 것이라고 했다. 그대로 된다면, 내년 여름에는 호숫가가 아니라 제대로 된 휴가를 떠날 수 있을 것이다. 마요르카로.

그레트헨은 젊었을 적 제일 좋았던 기억 중 하나가 스페인의 마요르카에서 보낸 휴가라고 했다. 푸른 바다로 뛰어드는 순간 코끝을 찌르는 아몬드 꽃향기와 고운 모래사장에 타월을 두르고 앉아서 먹는 새콤한 라임 맛 아이스크림, 몇 발짝 들어가면 물고기들의 화려한 지느러미가 보일 만큼 투명한 바다, 악수하듯 발가락을 부드럽게 감쌌다가 정중하게 멀어지는 파도……. 그 기억이 그레트헨을 그레트헨으로 남아 있게 했다.

한수도 은혜와 함께 밝고 아름다운 기억들을 더

많이 만들고 싶었다. 나이가 들어 관절이 굳어버려도 낙담하지 말고, 다시 걸음마부터 배우면서 계속 살아갈 수 있도록. 그는 바다에서 은혜에게 수영을 가르쳐주는 자신의 모습을 상상했다.

몸에서 힘을 빼 봐, 생각보다 쉽게 뜰 거야.

그는 은혜의 두 손을 잡고 뒤로 한 발짝씩, 바다 속으로 걸어들어갈 것이다.

잘하고 있어.

겁나면 멈춰 서면 된다. 서두를 필요는 없었다.

여긴 안전해.

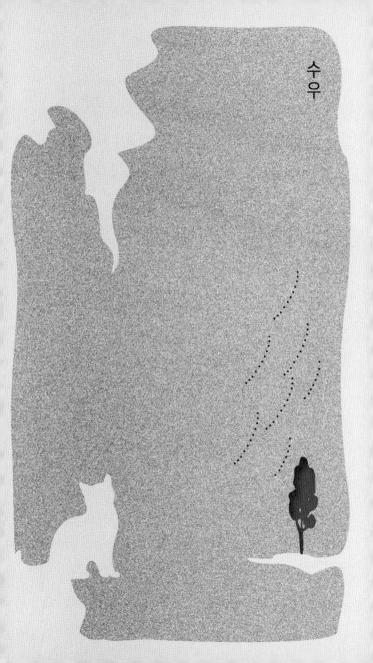

수우

순전히 충동으로 쓴 편지였다. 무심코 연 서랍
에서 언제 샀는지 모를 연보라색 편지지와 우표들을 본
순간, 수아는 숙자를 생각했다. 꼭 물어보고 싶은 게 있
었다. 쓸 시간은 남아돌았다. 감염병의 기세가 도무지
꺾이질 않자 총리는 몇몇 도시에 봉쇄령을 내렸고, 대
학교 본부는 다음 학기도 온라인 수업으로 진행하겠다
는 공지를 띄웠다. 수아가 다니는 베를린 공대도 그중
하나였다. 설계실도 사용할 수 없었다.

　지도교수는 수아를 비롯한 석박사과정 학생들
에게 다들 프로젝트를 포기하지 말라고 독려했다. 주기

적으로 온라인 세미나를 열자고 제안했지만, 인터넷 상태가 영 좋지 않아 도중에 중단되기 일쑤였다. 몇몇은 핑계 삼아 인터넷 창을 끄기도 했다. 한번은 대만인 박사과정생이 학부 수업 도중 중국으로 돌아가라는 욕설을 들었다고 성토하자 석사과정생이 그건 그저 장난이었을 거라며 학부생을 편들었다. 대만인 박사과정생은 말없이 세미나 창을 나갔다.

　비난과 동조, 수아는 그 어느 쪽도 택하지 않은 채 그 창에 남아 있었다. 공부의 양이나 질과 상관없이 멍청한 사람들은 늘 멍청했다. 자신이 멍청한 줄 몰라서 점점 더 멍청하게 굴었다. 멍청하다는 걸 깨달아도 멍청한 건 마찬가지였다. 세상에는 멍청하다는 걸 아는 멍청한 사람과 멍청하다는 걸 모르는 멍청한 사람, 두 부류가 존재했다. 누가 더 멍청하고 덜 멍청한지 따지는 일만큼 멍청한 짓은 없었다.

　그저 언젠가는 멍청하다는 걸 깨달을 때가 왔다. 자의든 타의든. 수아의 경우에는 후자였다. 선아는 휠체어에서 수아를 올려다보면서 말했다. 병신처럼 구는 건 내가 아니라 언니지. 그 대화 이후로 둘은 일 년 넘게 말을 섞지 않았다. 그리고 출국 전날 수아는 트렁크에서 선아가 쓴 편지를 발견했다. 볼펜으로 몇 번씩 지우고 꾹꾹 눌러쓴 편지, 언젠가는 답장을 쓰겠다며 서랍에 넣어두었지만 잃어버렸다. 아마도 베를린으로 이사하면서 흘린 모양이었다.

　숙자에게 보낼 편지는 단숨에 썼지만, 비어 있는 우체통을 찾느라 수아는 베를린 시내를 한 시간 넘게 돌아다녀야 했다. 꽉 차서 열리지 않거나 아예 입구를 막아둔 우체통이 태반이었다. 간신히 찾은 우체통에 편지를 넣고 돌아선 순간, 수아는 후회했다. 조악하기 그지없는 편지였다. 그동안 쓴 리포트며 논문이 몇 편이건만. 두서없는 전개와 갑작스러운 비약, 문장은 이어지고 이어지다가 상투적인 문구로 끝났다. 하지만 그보다 더 솔직한 편지를 쓸 자신은 없었다.


　그해 여름, 라이프치히의 햇볕은 유독 따갑고 매서웠다. 수아는 초인종을 누르고 기다렸다. 디귿 자 구조로 지은 아파트, 골판지 상자처럼 투박한 외형은 동독 시절에 유행했을 법한 양식이었다. 건축 연도가 궁금해 주변을 두리번거리던 중 문이 열렸다. 검은 머리카락을 하나로 높게 올려 묶은, 여덟 살 정도 되어 보이는 아이가 문고리를 붙잡고 있었다. 수아는 애써 상냥하게 인사했다.

"안녕, 라나. 문 열어줘서 고마워. 엄마가 말씀하셨지? 오늘부터 오후에 세 시간씩 라나하고 같이 시간을 보낼 수아 언니야. 들어가도 될까?"

인사는커녕 들어오라는 말 한마디 없었지만, 라나는 순순히 옆으로 비켜섰다. 수아의 독일어를 알아들은 눈치였다. 엘리베이터에서도 라나는 입을 꾹 다문 채 앞만 바라보고 있었다. 수아는 그 동그란 뒤통수를 바라보았다. 낯을 많이 가린다는 말은 메일에 없었지만, 상관없었다. 어차피 일이니까. 오히려 아이든 동물이든 과하게 친밀해지면 보호자들이 경계했다. 언제든 맺고 끊을 수 있도록 적절한 거리와 무관심을 유지하는 편이 나았다.

엘리베이터는 오 층에서 멈췄다. 라나는 오른편 문을 노크했다. 메일에는 부모 둘 다 오전 출근이라고 적혀 있었는데, 수아가 눈을 깜박거리는 사이 라나는 잽싸게 문을 열어젖혔다. 애초에 잠겨 있지도 않았다. 집에는 아무도 없었다. 라나가 복도를 뛰어가자 불그스름한 나무 바닥에서 통통 소리가 났다. 주의시켜야 하나, 수아가 입을 연 순간 복도 끝에서 높고 날카로운 목소리가 들렸다. 한국어였다.

"해가 중천이라도 방정맞게 뛰어다니지 말라고 했지!"

"노크했잖아요?"

"노크는 당연히 하는 거지, 칭찬받을 게 아니야. 네 엄마가 부른 사람은 어디 있니?"

"수우는 밖에 있어요."

이내 방에서 휠체어를 탄 노인과 라나가 나왔다. 수아는 엉겁결에 허리를 숙여 인사했다. 꽃 모양 머리핀으로 희고 구불거리는 머리카락을 한데 모아 꽂은 솜씨부터 자주색 꽃무늬가 자글자글한 시폰 원피스, 은사가 들어가서 반짝거리는 스타킹까지 무엇 하나 화려하지 않은 게 없었으나 그중 수아의 눈길을 끈 건 구두였다. 큼지막한 큐빅이 떡하니 박혀 있는, 보라색 벨벳 구두. 금방이라도 춤추러 나갈 사람 같았다. 노인은 수아를 훑어보더니 물었다.

"이름이 수우라고, 성은?"

수우가 아니라 수아였지만, 어차피 오래 볼 사이도 아닌데 정정하려니 귀찮아질 것 같았다. 수아는 순순히 대답했다.

　　"황씨입니다."

　　"어디 황씨?"

　　"그건 잘……."

　　"본관이 어디인지 알아야지. 나도 황씨야, 창원
황씨. 황숙자라고 하네."

　　옆에서 라나가 거들었다.

　　"저는 황라나예요."

　　"아니지. 네 성씨는 뭘러야."

　　숙자가 단호하게 말하자 라나는 입술을 삐죽였
다. 달래주기는커녕 입이 오리 부리 같다며 놀리자 결
국에는 토라진 채 방으로 들어갔다. 숙자가 웃었지만,
수아는 웃지 못했다. 미처 표정을 감추지 못할 만큼 서
툴 때였다. 오늘이 아르바이트 첫날이자 마지막 날이
될지도 모른다고 생각하니 막막했다. 수우 씨, 숙자가
낭랑한 목소리로 말을 걸었다.

　　"걱정하지 말고 소파에 앉아서 기다리고 있어.
금방 심심해서 기어 나올걸. 차라도 줄까?"

　　"아뇨, 알려주시면 제가 끓일게요."

　　"손님에게 시킬 순 없지. 이래봬도 나 팔팔해.

차 마시면서 기다려요. 자기가 오기 전까지 쟤 돌보는
건 내 몫이었다니까. 미라가 말 안 했나? 놀랐겠네, 노
인까지 돌보라는 건가 싶었겠어. 덤터기 쓴 줄 알고 기
분이 영 나빴겠는데?"

"아뇨, 그 말이 아니라."

"날 도와줄 필요는 없어요. 나까지 어린애로 취
급하는 건 사양이야, 알겠어요? 대답해요."

말할 틈도 주지 않고 매섭게 몰아붙이는 통에
수아는 떠밀리듯 대답했다.

"네."

숙자가 내준 차는 너무 뜨거웠다. 마실 수 있을
만큼 식었을 즈음 라나의 방문이 열렸다. 수아는 차를
두어 모금 마시고 내려놓았다. 그녀의 취향은 아니었다.


수아에게 한인 커뮤니티 게시판의 용도는 둘 중
하나였다. 아르바이트 아니면 나눔. 딱히 지갑 사정이
부족한 게 아니라도 비는 시간마다 자잘하게 아르바이
트를 했고, 나눔 글을 꼼꼼하게 읽어보면서 당장 필요
하지 않은 물건이라도 들일지 말지 고민했다. 오래된
습관이었다. 적게나마 통장에 돈이 입금되거나 쓸 만하

다 싶은 물건을 얻게 되면 수아는 어쩐지 마음이 든든
해졌다. 덕분에 선아나 부모님이 필요한 게 있는지 물
어봐도 없다고 대답할 수 있었다.

　　베를린에 봉쇄령이 내린 후로는 아르바이트나
나눔 글이 올라오지 않았지만, 수아는 하릴없이 커뮤니
티 게시판만 들락날락했다. 교수의 당부가 무색하게도
프로젝트는 진척이 없었다. 도면만 몇 번 수정하다가
말았다. 프로그램만 본다고 해서 해결될 문제는 아니었
다. 하다못해 모형이라도 만들어보면 좋으련만, 학교가
폐쇄된 이상 설계실도 출입 금지였다. 그렇다고 해서
이 좁은 집에서 석고 모형을 뜨거나 종이나 스티로폼을
자르고 싶진 않았다.

　　함께 어학원을 다녔던 유학생들이 말하길, 일
부 학과의 경우 지도교수의 묵인 하에 실습실을 임의로
연다고 했다. 음대는 악기를 다루니 손이 굳으면 안 되
고, 미대는 대형 캔버스와 조각 등 작업 중인 작품을 내
버려둘 수 없다는 이유였다. 수아는 건축학과 설계실도
열리길 바랐다. 애석하게도 건축학과 교수들은 그런 융
통성이 부족했다. 법이 정해진 이상 따르는 게 당연하
다는 태도였다.

　　노트북 앞에 앉아 있거나 냉장고 속 음식들을
야금야금 파먹으면서 시간을 보내야 한다니, 수아는 답
답했다. 특정 학과만 편의를 봐주는 건 옳지 않다는 생
각이 들다가도 이웃집에서 악기 소리가 들린다며 불평
하는 게시 글을 보면 어쩔 수 없다는 쪽으로 마음이 기
울었다. 뜻대로 되지 않을 때 공평을 찾는 건 순전히 화
풀이나 다름없었다. 그들은 함께할 편을 만들고, 탓해
도 별 탈 없을 만한 대상에게 비난을 쏟아 부었다.

　　평소에는 공평이나 평등에 관심 없던 사람들이
그런다고, 선아가 말했다. 그런 사람들은 자기가 손해
를 입었다고 믿는 만큼 보복으로 만회하려 들었다. 그
리고 자신의 처사가 얼마나 정당했는지 우겼다. 선아가
자신을 두고 하는 이야기가 아니라는 걸 알면서도, 수
아는 아무 말도 하지 못했다. 듣는 것만으로도 괴로웠
다. 차단기를 내리듯 모든 감정과 관심을 꺼버리는 편
이 나았다. 그러면 태연한 척 선아를 마주할 수 있었다.

　　며칠 후, 베를린 음대에 재학 중인 한인 바이올
리니스트가 귀가 도중 폭행을 당했다는 소식이 커뮤니
티 게시판에 올라왔다. 사건 현장은 수아가 사는 아파
트 근처였다. 수아는 게시판 창을 끄고 눈을 감았다. 세

상은 얼마든지 더 끔찍해질 수 있었다.

라나는 한 달도 채 안 돼서 수아를 따랐다. 여전히 수우라고 부르긴 했지만, 주스를 마실 때마다 자기 주스뿐 아니라 수아가 마실 주스도 같이 가져오곤 했다. 틈만 나면 숙자의 방문을 두드리며 필요한 게 있냐고 물었다. 됐으니 저리 가라는 대꾸에도 어깨만 으쓱거리고 말았다. 숙제를 마치고 그림을 그릴 때면 자신이 좋아하는 것들을 수아에게 줄줄이 읊어주었다. 사과주스, 파란색 머리끈, 딱따구리, 박하사탕……. 반면 뭘 싫어하는지는 말해주지 않았다.

가끔은 수아에게 질문 세례를 쏟아 붓곤 했다. 수우의 나이는 몇 살이고 애인이 있는지, 한국인인데 왜 독일어만 쓰느냐고 꼬치꼬치 캐물었다. 수아는 학원 강사로 일했던 경험을 살려 진담 반 농담 반으로 질문들을 받아넘겼다. 아무리 황당무계한 답이라도 라나는 의심하지 않았다. 수첩에 꼼꼼하게 적어놓기까지 했다. 수아는 조금 부담스러웠다. 그래도 라나가 그녀의 말을 잘 들으니 나쁘진 않았다.

수아가 와 있는 동안 숙자는 방에 틀어박혀 있었

다. 살짝 열린 방문 사이로 오래된 노랫소리가 흘러나왔다. 라나 말로는 쉬는 중이라고 했다. 가끔은 부엌으로 나와 컵케이크를 구웠다. 달콤한 냄새에 라나가 홀린 듯 서성이면 수아를 불러 데려가게 했다. 수아가 부엌에서 라나를 데리고 나가면 다시 소설책을 폈다. 그리고 다 구워지면 얼른 와서 먹으라고 불렀다. 수아가 독일에서 먹은 컵케이크 중 제일 맛있는 컵케이크였다.

그날도 숙자는 컵케이크를 구웠다. 체리 잼을 넣은 초콜릿 컵케이크였다. 수아는 라나의 학교 숙제를 도와주고 있었다. 라나가 좋아하는 그림 숙제였다. 그림을 그릴 때면 화장실도 꾹 참는 편이라 수아는 마음을 놓고 있었다. 라나가 그림을 보여주면서 이게 수아라고 가리켰을 때도 잘 그렸다고 칭찬했다. 그러고는 별생각 없이 숙제가 무엇이냐고 물었다. 라나가 대답했다.

"제일 친한 친구 그리는 거야. 같이 놀고, 얘기하고, 맛있는 거 먹는 친구."

틀린 말은 아니지만, 수아는 눈을 깜박이면서 할 말을 골랐다. 자신의 역할은 친구가 아니라 보모였다. 엄연히 말하자면 그림 주제와 맞지 않았다. 라나가 뭐라고 설명하든 선생님은 고개를 갸웃거릴 테고, 부모도 딱히 내키진 않을 듯했다. 그녀는 라나를 타일렀다.

"난 라나보다 나이가 너무 많은데, 혹시 라나랑 같은 나이인 친구를 그리면 어떨까? 라나는 친구 많을 것 같은데."

"숙자가 친구 많아봤자 소용없댔어. 돈이랑 시간만 많이 나간다고."

"친구라고 해서 다 그렇지는 않아. 라나, 어릴 때 친했던 애는 없어? 아니면 반에서 같이 노는 애라거나."

"난 애들 싫어해. 너무 유치해서."

"라나보다 한두 살 많은 언니나 오빠는?"

라나는 입을 꾹 다문 채 테이블만 내려다보았다. 심통이 났는지 눈이 그렁그렁했다. 수아는 황급히 라나의 어깨를 토닥였다. 라나가 말했다.

"수우는 한국에 친구가 많은가 봐."

수아는 대답하지 않았다. 중고등학교에서 어울렸던 무리가 있었으나 서로 다른 대학교에 가면서 멀어졌고, 대학원 동기들은 독일에 오고 나니 연락이 끊겼다. 가끔 어학원에서 만난 사람들과 안부를 나눠도 굳이 만날 약속을 잡진 않았다. 그녀도 친구가 없기는 마찬가지였다. 그러나 솔직해질 이유는 없었다. 라나가

벌떡 일어나더니 수아를 흘겨보았다.

"잘난 척하지 마. 나도 한국에서 왔으면 친구 많았어."

그러고는 제 방으로 줄달음질을 쳤다. 수아는 쫓아가지 않았다. 라나는 딱히 오랫동안 토라져 있는 아이가 아니었고, 곧 있으면 컵케이크도 오븐에서 나올 터였다. 몇 분 후 숙자가 부엌에서 그들을 불렀다. 라나의 방문은 꿈쩍도 하지 않았다. 수아는 한참을 그 앞에서 서성이다가 마지못해 부엌으로 향했다. 숙자가 수아의 이야기를 듣고는 한숨을 쉬었다.

"냅둬, 오늘 안으로는 안 나올 거야. 틀린 이야기도 아닌데, 왜 저렇게 유난인지."

"혹시 이사를 자주 다니셨나요?"

"이사가 문제는 아니야. 미라가 쟤를 너무 싸고도니까 저래. 자기도 친구가 없는 게 싫으면 만들려고 노력해야지. 독일에서 나고 자란 애야. 여기서 친구 하나 못 만든다는 게 말이 돼? 쟤가 문제인 거야."

"제가 말을 잘못한 거죠. 마음이 맞는 친구를 못 만났을 뿐이지, 라나는 좋은 애예요."

애당초 라나에게 친구가 많아봤자 소용없다고

한 사람은 숙자였다. 그렇게 말한들 라나에게 불똥이 튈 게 뻔했다. 수아는 컵케이크를 오븐에서 꺼내 그릇에 담았다. 달콤한 체리 잼 냄새가 코를 찔렀다. 라나가 얼른 입맛을 다시면서 나오길 바랐다. 숙자가 말했다.

"보면 자기는 정말 돌보는 데 이력이 난 사람 같아. 동생이 있어서 그런가? 잘해주긴 해도 되게 무정하게 군단 말이야. 정말 문제가 되는 건 입 싹 닫고 모르는 척하지. 그러다가 나중에 막상 힘들어지면 나 몰라라 해. 지금 당장 좋게좋게 넘어간다고 해서 능사가 아니야. 당장 내일 어떻게 될지 모르는 게 인생인데, 점점 더 나빠질 수도 있잖아."

수아는 저도 모르게 눈썹을 꿈틀거렸다. 그새 숙자가 라나의 수첩을 봤나 싶었다. 고작 그 몇 줄로 자신을 다 아는 것처럼 굴다니, 영 달갑지 않았다.

"제가 마음에 안 드시나 봐요."

"자기 기분이 안 좋은 건 알겠는데, 내 탓은 하지 마. 오늘은 그만 가 봐. 저 상태면 내일 나올걸."

수아는 거실 소파에 앉아서 기다렸다. 컵케이크에는 손도 대지 않았다. 라나의 부모에게는 뭐라고 말해야 할지 막막했다. 숙자는 힐끔 거실 쪽을 내다보더니 자신의 방으로 들어갔다. 이내 경쾌한 재즈가 복도에 울려 퍼졌다. 수아는 눈을 감았다. 마음 같아서는 귀라도 막고 싶었다. 라나는 그녀가 이만 가보겠다고 해도 나오지 않았다. 숙자의 말대로였다.

폭행당한 유학생은 베를린 음대에서 최고 연주자 과정을 이수 중이었다. 유명한 바이올리니스트에게 사사하고, 오케스트라에서 악장을 맡을 만큼 뛰어난 연주자였다. 사건 당일 그는 개인지도를 받으러 학교에 갔고, 해가 진 후 전동 스쿠터를 타고 교문을 나왔다. 그리고 어둑어둑한 상점가를 달리다가 누군가 던진 돌에 맞아 쓰러졌다. 이내 패거리가 달려들어 그를 때리고 발로 차기 시작했다. 유학생은 납작 엎드린 채 버텼다.

사건 영상이 올라오자 커뮤니티 게시판은 금세 불타올랐다. 같은 한국인 유학생으로서 인종차별 사태가 심해지고 있다는 하소연부터 폭행범을 빨리 찾아내지 못하는 독일 경찰에 대한 비판, 한국 영사관에 신변보호를 요청하고 성명문을 발표해야 한다는 호소, 유학생의 건강과 미래에 대한 걱정 등 여러 의견이 게시판에 쉴 새 없이 올라왔다.

한편 어떤 이들은 봉쇄령을 어기고 학교에 드나든 이상 먼저 범법을 저지른 셈이 아니냐고 지적했다. 괜히 나섰다가는 오히려 독일인들에게 한국에 대한 부정적인 이미지를 심어줄 수 있다며 말렸다. 혹자는 애초부터 밤늦게 다닌 게 잘못이라는 댓글을 달았다. 그러자 어느 유학생이 영주권자들이라 한국인들에 대한 애정이 없는 거냐며 저격했다. 논쟁이 격해지자 게시판지기는 게시판에 폭행 사건 언급을 금지하겠다는 공지를 올렸다.

독일 언론은 폭행 사건에 그다지 관심을 보이지 않았다. 뉴스에 영상이 몇 초 나오고, 경찰이 수사 중이라는 아나운서의 말이 다였다. 수아는 어쩔 수 없는 일이라고 생각했다. 감염병에 걸려 죽는다면 모를까, 인종차별은 크든 작든 늘 일어나는 문제였다. 골칫거리인 만큼 능숙하게 유감스러운 사고로 치부되었다. 그리고 지금 방송국 카메라맨들은 안티백서와 봉쇄령 반대자들의 집회 현장을 담느라 바빴다.

커뮤니티 게시판은 잠잠해졌다. 감염자 수는 계속 늘어났고, 베를린 봉쇄도 풀릴 기미가 없었다. 라이프치히에서도 답장이 오지 않았다. 수아는 산책하러 나갈 겸 펫 시터 아르바이트를 시작했다. 하루에 두 번, 고양이 밥과 물을 챙겨주는 일이었다. 민디, 고양이는 이름을 부르면 초록색 눈을 반짝였다. 주인들은 봉쇄만 풀리면 바로 돌아오겠다고 약속했다. 수아도 부디 그러길 바랐다. 민디를 위해서. 그러나 아무리 굳게 약속하고 믿어도 소용없어지는 순간들이 있었다.

　

　　문을 열어준 사람은 라나가 아니라 숙자였다. 숙자는 대뜸 수아에게 물었다.

　　"얼굴이 왜 그래?"

　　수아는 팔로 얼굴을 문지르면서 대답했다. 이마에 열은 없었다.

　　"더워서요. 금방 괜찮아져요."

　　당시 수아는 불면증에 시달렸다. 눈을 감으면 낯선 목소리들이 귓속으로 파고들어 와서 머릿속을 제멋대로 헤집어놓았다. 동이 틀 즈음 간신히 눈을 붙였다가 떠도 깨어났다는 감각은 없었다. 억지로 책상에 앉아 있으면 일어나지 않은 일들이 일어날 것 같아서 초조했다. 차라리 움직이는 편이 나았다.

　　하숙집에서 라나가 사는 집까지는 걸어서 삼십

분 거리였다. 수아는 선글라스 대신 손으로 차양을 만들어 얼굴에 그늘을 드리운 채 걸었다. 중앙역과 미하엘 피셔가 그린 색색의 벽화, 텅 빈 아스토리아 호텔을 지나서 걷고 또 걷다 보면 머릿속에 곰팡이처럼 피어나던 잡념들이 여름 햇볕에 싹 말라버렸다. 기운이 좀 빠지긴 해도 집에 가면 기절하듯 잠들 수 있어서 좋았다. 트램이나 버스 표값이 조금 아깝기도 했다.

숙자는 라나가 잠시 심부름을 하러 갔다며 휠체어를 돌렸다. 수아는 소파에 앉았다. 평소처럼 똑바로 앉으려고 했지만, 이상하게 몸이 한쪽으로 늘어졌다. 그녀는 눈을 감았다. 라나가 돌아올 때까지만 쉴 생각이었다. 이내 숙자의 휠체어 소리가 들렸다.

"자기 지금 더위 먹었네. 목소리 들으니까 감기 기운도 있는 것 같은데, 오늘은 쉬는 게 낫지 않겠어?"

수아는 목을 가다듬고 나서 대답했다.

"감기는 아니고 편도 문제예요."

한국에서 석사학위논문을 쓸 때 얻었던 지병이었다. 수아가 조금 무리한다 싶으면 바로 편도가 부어올랐다. 목에서 뜨겁고 조그만 불이 넘실거리는 느낌. 그래도 전염성은 없으니 라나에게 옮길 위험은 없었다.

숙자가 단호하게 말했다.

"몸도 못 가누면서 말은 잘해. 하나만 알고 둘은 모른다더니, 자기 돌볼 줄은 모르지? 얼른 누워!"

그 호령에 수아는 저도 모르게 옆으로 쓰러지듯 누웠다. 언제 고였는지 모르는 눈물이 쿠션으로 후두둑 떨어졌다. 딱딱하고 주름진 숙자의 손이 팔과 어깨를 주무르고 그녀가 베고 있는 쿠션을 잡아당기고 나니 똑바로 누울 수 있었다. 멀리서 라나의 목소리가 들렸다. 숙자가 라나에게 말하고 있었다. 라나가 뭐라고 대답하더니 다시 뛰어갔다. 숙자가 수아의 어깨를 두드렸다.

"아스피린이야. 먹고 다시 누워 있어. 아무 말도 하지 마. 네 몸은 지금 전쟁터니까, 맞서 싸우는 데 집중해."

얼마나 편도가 부은 건지 조그만 약 하나 삼키는 것도 괴로웠다. 약이 내려가기 전까지 누우면 안 된다면서 숙자가 등을 두드려주었다. 약효가 돌려면 더 있어야 했지만, 신기하게도 통증이 가시는 것만 같았다. 숙자가 수아의 이마를 누르면서 그만 누우라고 했다. 숙자의 손바닥은 차가웠다. 이내 그보다 차가운 물수건이 눈가를 덮었다. 이제 한숨 자라는 말에 수아는 스르르 잠들어버렸다. 꿈조차 꾸지 않았다.

누군가의 목소리가 들렸다. 알아들을 수 없는 말은 아니었다. 수아는 천천히 잠에서 깨어났다. 눈가를 덮고 있는 물수건은 여전히 차가웠다. 숙자가 옆에서 책을 소리 내어 읽고 있었다. 소설 같았다. 수아는 가만히 그 목소리에 귀를 기울였다. 논문이나 전공 서적이라면 모를까, 대학교 교양수업 이후로 소설책은 거의 읽은 적이 없었다. 숙자의 손이 수아의 이마를 쓸어내렸다.

"좀 어때? 라나는 지금 자기 방에서 숙제하고 있어. 괜찮으면 뭘 좀 먹자고. 일어나 봐."

확실히 몸이 가뿐했다. 수아는 천천히 일어나 앉았다. 팔 아래에 라나가 자주 들고 다니는 딱따구리 인형이 있었다. 그녀는 인형을 조심스럽게 소파 한쪽에 내려놓았다. 숙자가 테이블을 두드렸다. 조그만 그릇에 불그스름한 수프가 담겨 있었다. 숟가락으로 살짝 떠서 맛을 보았다. 새콤하고 차가웠다.

"토마토 냉 수프야. 토마토랑 셀러리, 파프리카를 얼음이랑 같이 갈면 돼. 레몬즙도 좀 넣어주면 뒷맛이 상큼하지. 비타민도 들어 있고 편도 열 가라앉히는

데도 좋아. 아이스크림이나 아이스티는 당이 너무 많이 들어 있어서 별로야. 내가 병원에서 일할 때 남미 쪽에서 온 친구가 알려준 건데, 꽤 효과가 좋아."

"감사합니다."

뜨겁지 않은 수프라니, 조금 거북하긴 했지만 술술 넘어갔다. 수아는 천천히 수프를 먹었다. 거실 바닥에 햇빛이 길게 드리운 걸 보니 시간이 꽤 지난 듯했다. 숙자가 다시 책을 펼쳤다. 이번에는 낭독하지 않았다. 대체 무슨 책을 읽는 걸까, 수아는 궁금했다. 그보다 감사하다는 인사부터 해야 하는데 도무지 입이 떨어지지 않았다. 숙자가 물었다.

"책은 좀 읽어? 자기처럼 어린 사람들은 다 컴퓨터만 보나."

"논문하고 전공책 정도⋯⋯."

"소설은?"

"안 읽어요."

"왜?"

"다 가짜고, 내용도 비슷비슷해서요."

소설 속 인물들은 처음에는 슬퍼하고 괴로워했지만, 몇 페이지만 넘기면 금방 괜찮아졌다. 지난간 모든 일은 교훈이 되었다. 현실은 달랐다. 소설에 비하면 삶은 너무 길고 더뎠다. 어떤 문제는 영영 해결되지 않았고, 교훈은커녕 상처가 아물지 않는 경우도 허다했다.

"다 똑같긴 무슨, 그냥 지친 거지. 살아가는 게 재미없어 보이니까 남의 이야기도 재미없었으면 하는 거야. 그러면 안 돼. 사람이 빨리 늙어. 재밌게 살아야지. 재밌게 살려면 소설을 읽어. 재밌게 살아본 적이 없어서 재밌는 게 뭔지 모르겠으면 지금부터라도 재밌게 살아."

그날 숙자는 남은 수프를 보온병에 담아주고 책까지 빌려주었다. 아직 다 나은 게 아니니 버스든 트램이든 타고 가라고 했다. 수아는 순순히 숙자의 말에 따랐다. 트램을 타고 가는 동안 열린 차창 사이로 선선한 바람 한 줄기가 불어와 그녀의 이마를 간지럽혔다. 집에 도착해서는 수프를 마저 먹었다. 목이 시원했다. 그녀는 숙자가 빌려준 책을 몇 장 읽다가 잠들었다. 악몽은 꾸지 않았다.

봉쇄령은 풀릴 기미가 없었다. 봉쇄령이 강화된다는 소문이 돌자 수아는 고양이를 집에 데려오기로 했다. 베를린도 오스트리아처럼 백신 미접종자의 외출까지 금지하면 고양이 밥도 챙겨줄 수 없었다. 게다가 거리에서 마주치는 사람 중 반 이상은 마스크를 쓰지 않고 다녔다. 언제 어디서 감염될지 모르는 상황이었다.

다행히도 고양이는 하루 만에 수아의 좁은 집에 적응해서 이리저리 쏘다녔다. 수아는 주인들에게 영상 전화를 걸었다. 주인 중 한 명이 끝내 울음을 터뜨렸고, 다른 하나가 어깨를 다독이며 달랬다. 민디, 주인들이 부르건 말건 고양이는 카메라에 시선조차 주지 않았다. 막상 화면이 꺼지자 길고 가는 울음소리를 냈다. 수아는 고양이를 오랫동안 쓰다듬어주었다.

대학원 학생들이 감염병에 걸리거나 귀국하면서 온라인 세미나도 무산되고 말았다. 지도교수의 격려와 위로도 이제는 무의미했다. 설계실이라도 열어주든가. 수아는 몇 번이고 그 말을 썼다가 지웠다. 아무것도 할 수 없는 시간만 차곡차곡 쌓였다. 택배라도 보내줄 테니 주소를 알려달라는 선아의 메시지에는 괜찮으니 걱정하지 말라는 답장을 보냈다. 우체국에 택배를 찾으러 갔다가 감염될지도 몰랐다.

늘 먹던 시리얼이 이상하게 넘어가지 않던 날,

수아는 대수롭지 않게 여겼다. 열도 없었다. 어제처럼 고양이와 사냥 놀이를 하고 지도교수의 메시지에 답장했다. 조금 피곤해져서 아스피린을 먹고 낮잠을 잤다. 일어났을 때 목은 더 부어 있었다. 눈가가 간지럽지 않은 걸 보니 고양이 털 알레르기는 아닌 듯했다. 수아는 우유 팩에 코를 박고 냄새를 맡았다. 후각도 여전한 걸 보니 감염병도 아닌 듯했다. 그녀는 아스피린을 두 알 더 먹고 잤다.

다음 날 아침에는 한결 목이 가라앉아서 장을 보러 갈 수 있었다. 마트에 토마토는 없어도 토마토 홀 캔이 있었고, 다 시들어가는 파프리카가 몇 개 보였다. 셀러리도 눈에 들어왔지만 집지 않았다. 셀러리는 수아의 취향이 아니었다. 대신 사과를 넣어도 좋은데, 사과가 없는 게 아쉬웠다. 편도가 부을 때마다 수아는 토마토 냉 수프를 만들었다. 숙자가 알려준 조리법에 조금씩 빼고 더하다 보니 원래는 어떤 맛이었는지 잊어버렸지만, 지금 입맛에는 딱 맞았다.

냉 수프까지 만들어 먹었건만, 편도는 도로 부어오르기 시작했다. 없던 오한까지 들었다. 뒤늦게 인터넷을 찾아보니 감염되더라도 후각이 사라지지 않기

도 한다고 했다. 어떤 증상이든 징조가 될 수 있었다. 그
녀는 고양이에게 밥을 잔뜩 준 다음 침대에 누웠다. 혼
자서 끝도 없이 아파야 한다는 게 싫었다. 숙자가 했던
말이 기억났다. 사람은 아플 때 솔직해진다고, 솔직해
진다는 건 참을 수 없을 만큼 아프다는 뜻이라고. 수아
는 무섭고 외로웠다.


　　라나가 울면서 돌아왔을 때, 수아는 무심결에
팔을 벌렸다. 라나의 몸은 작고 뜨거웠다. 무슨 일이 있
었냐고 물어봐도 라나는 대답하지 않았다. 무릎만 까졌
으면 모를까 이마에도 핏자국이 나 있었다. 수아는 화
장실로 라나를 데리고 가서 다친 곳들을 조심스럽게 닦
아냈다. 다행히도 상처는 깊지 않았다. 그녀가 등을 토
닥일수록 라나는 더 서럽게 울었다. 거실로 나와 약을
바르고 밴드를 붙여도 말없이 눈물만 뚝뚝 흘렸다. 가
만히 바라보던 숙자가 입을 열었다.
　　"너, 또 맞고 온 거니?"
　　라나는 대답하지 않겠다는 듯 입술을 오므렸다.
숙자가 라나의 어깨를 움켜쥐더니 마구잡이로 흔들어
댔다. 어찌나 악력이 센지, 수아가 기를 써도 손가락 하

나 떼어낼 수 없었다. 숙자는 라나를 매섭게 다그쳤다.

"맞고 와서 꼴사납게 울어봤자 뭐가 달라질 것 같니. 언제까지 이렇게 한심하게 굴 거야?"

라나가 입술을 삐죽거리면서 대꾸했다.

"난 한심하지 않아. 내가 잘못한 거 아니야."

"아니, 넌 한심해. 네가 잘못한 것도 아니라면서 왜 도망쳐? 언제까지 도망칠 거니. 계속 도망치고 싶어? 라나, 그게 네가 원하는 거야? 라나, 뭘 원해? 영영 후회하고 싶니? 그러기 싫다면, 가서 한 대라도 돌려주고 와. 얻어맞고만 있지 말라고."

숙자는 라나와 시선을 맞추었다. 본때를 보여주고 와, 숙자가 단호하게 말하자 라나는 결연하게 고개를 끄덕거렸다. 그러고는 바로 문을 열고 뛰쳐나갔다. 따라가려는 수아를 숙자가 말렸다.

"내버려둬. 지금이 아니면 라나는 영영 자기 엄마 치마폭에 싸여 살 거야. 누가 그런 애랑 놀아주겠어?"

"더 다칠 수도 있잖아요."

"아직 어려서 어디 까지고 부러지는 건 금방 나아. 비겁하게 도망치면 그게 더 오래 남지. 내가 독일에 처음 왔을 때도 그랬어. 동양인이라고 우습게 보는 놈

들은 가만히 있으면 더 우습게 봐. 한 번쯤은 반격도 해야 해. 개구리도 밟으면 꿈틀한다잖아."

"그래도……."

"라나가 내 손녀면 아마 두 대는 더 때리고 올 테니 걱정 안 해도 돼."

라나는 볼에 생채기를 하나 더 달고 돌아왔다. 숙자가 개선장군처럼 들어온다고 놀리자 고개를 갸웃거렸다. 그러고는 수아에게 개선장군이 뭐냐고 물어보았다. 수아는 라나의 볼을 닦고 연고를 바르면서 전쟁에서 이긴 사람을 뜻한다고 알려주었다. 라나가 눈을 반짝였다. 맞는 말이라고, 자기가 이겼다고 했다.

흥분이 가라앉자 숙자는 다시 방으로 들어갔다. 라나가 숙제하는 동안 수아는 숙자가 빌려준 소설책을 읽었다. 노랗게 바랜 표지며 낯선 어투로 말하는 등장인물을 보니 꽤 오래된 소설 같았다. 그래도 찢어지거나 구겨진 곳 하나 없이 깨끗했다. 수아는 입을 달싹거리면서 글자를 하나씩 읽어나갔다. 누가 우리의 미래를 헛말로라도 보장해줬으면 좋겠어…….*

* 박완서, 『나목』, 세계사, 1970.

현관문 쪽에서 소리가 들렸다. 라나가 자리에서 일어나 잽싸게 달려갔다. 엄마라고 부르는 소리에 수아도 얼른 일어섰다. 미라, 숙자가 병동에서 친하게 지내던 스페인 친구의 말버릇에서 따온 이름이라고 했다. 미라는 깔끔한 단발에 무채색 정장 차림이었다. 수아에게 악수를 청하는 몸짓이나 무감한 눈빛도 숙자와는 사뭇 달라 보였다.

"그간 저희 어머니도 보살펴주셨다면서요. 죄송합니다."

"아뇨, 저도 도움을 많이 받아서……."

"라나 상처도 선생님이 치료해주셨죠. 감사합니다. 사정은 이웃 아주머니께 얼추 들었어요."

"라나가 잘못한 건 아니에요."

"저도 알아요. 잘못한 건 아닌데, 잘한 것도 아니죠."

미라는 수아에게 잠시 라나와 함께 방으로 들어가달라고 부탁했다. 어머니와 잠깐 할 이야기가 있다면서 라나의 머리를 쓰다듬었다. 라나는 행복해 보였다. 개선장군이라는 단어를 몇 번이나 반복하면서 미라의 다리에 머리를 문질렀다. 미라는 라나의 등을 두드리며 수아와 방에 가보라고 했다.

라나의 방 곳곳에는 딱따구리 그림이 붙어 있었다. 스케치북도 딱따구리 천지였다. 라나가 딱따구리를 그려달라고 조른 적이 있었지만, 수아는 거절했다. 원기둥이나 사각형이면 모를까 딱따구리를 잘 그릴 자신은 없었다. 엄마가 할머니와 무슨 이야기를 할지 궁금하다던 라나는 금세 딱따구리를 그리는 데 몰두했다. 수아도 철새 도감을 보려고 했지만, 희미하게 들리는 말소리가 집중을 흐트러뜨렸다. 결국에는 화장실에 다녀오겠다는 핑계를 대면서 일어났다.

라나의 방문을 여닫은 후 수아는 화장실 쪽으로 발걸음을 느릿하게 옮겼다. 숙자의 방문은 살짝 열려 있었다. 미라가 격양된 목소리로 말했다.

"애한테 그렇게 말씀하시면 어떡해요."

"그러면 바보처럼 계속 맞고 다니는 편이 낫겠니? 애들도 영악해. 사람을 봐가면서 괴롭혀."

"괜히 싸움만 키우는 꼴이에요. 싸우면 평판만 나빠진다고요. 누가 화나면 손부터 올라가는 애랑 친구를 해요? 학교에 말하는 게 훨씬 나아요. 학교에서 차별금지 교육도 시행하고 애들을 주의시켜요. 굳이 싸울 필요가 없다고요."

"맞지 않고 다니려면 때리는 법도 알아야지."

잠시 침묵이 흘렀다. 그리고 미라의 한숨 소리
가 들렸다.

"여전하시네요. 민준이가 왜 엄마 이야기만 하
면 치를 떠는지 알겠어요."

"왜 여기서 네 동생 이야기가 나오니? 그건 옛
날 일이야."

"제가 왜 굳이 보모를 고용했겠어요. 엄마가 라
나한테 손대셨잖아요. 저하고 민준이로 족하지, 손녀한
테까지 그러셔야 했어요?"

숙자는 말이 없었다. 미라가 말했다.

"저는 엄마처럼 라나가 무슨 일에든 주먹부터
들지 않았으면 좋겠어요."

수아는 조심스럽게 라나의 방으로 돌아갔다. 라
나가 딱따구리 그림을 들어 보였다. 수아는 그동안 그린
딱따구리 중 제일 예쁘다고 칭찬했다. 그리고 라나와 함
께 철새 도감을 구경하면서 한참 수다를 떨었다. 철새에
관심은 없었지만, 그녀는 저 방에서 무슨 말이 흘러나오
든 라나의 귀에 한 마디도 들어가지 않길 바랐다.

눈을 뜰 때마다 생경한 통증들이 밀려왔다. 갈비뼈 아래가 욱신거리고, 눈을 감고 있어도 터질 것처럼 뜨거워졌다. 그저께는 팔꿈치가, 오늘은 허리가 아팠다. 눈을 뜨면 도로 감고 싶었지만, 수아는 기를 쓰고 몸을 일으켰다. 어떻게든 병과 싸워서 이겨야 했다. 톱밥 맛이 나는 시리얼 바를 씹어 먹고 약도 삼켰다. 거실에 있는 고양이의 밥과 물도 챙겨주고는 비틀거리며 방으로 들어왔다. 문을 열어달라며 고양이가 울어도 모른 척했다. 병을 옮기는 것보단 나았다.

사흘이 지나자 오한이 가셨고, 나흘 즈음에는 일어나 앉을 수 있었다. 수아는 먼저 밀린 메일들과 메신저를 확인했다. 수십 통의 메일과 메시지가 쌓여 있었다. 그녀는 지도교수에게 그동안 아파서 연락하지 못했다며 사과 메일을 보냈고, 선아에게도 시간 될 때 전화를 달라는 메시지를 남겼다.

텅 빈 냉장고를 보며 장을 보러 나갈지 고민하는 사이 초인종 소리가 났다. 지도교수가 배달시킨 음식들이었다. 인도식 커리와 쌀밥, 수프 등 며칠 먹어도 될 만큼 양이 많았다. 덕분에 고양이 사료에 손댈 일은 없으니 다행이었다. 고양이도 동의한다는 듯이 야옹거렸다. 그녀는 아스파라거스 튀김을 탐내는 고양이를 계속 밀어내면서 식사다운 식사를 했다.

잠시 눈을 붙였다가 뜨니 한밤중이었다. 약간 뻐근했지만, 어제보다는 나았다. 수아는 선아에게 전화를 걸었다가 끊었다. 한국은 이른 아침일 터였다. 그러나 몇 분 지나지 않아 선아가 전화를 걸어왔다. 출근 시간이라면서 투덜거리겠거니 생각했지만, 예상과 달리 훌쩍이는 소리가 들렸다. 수아는 어떻게 반응해야 할지 몰라서 눈만 깜박이면서 듣고 있었다.

울음이 잦아들 즈음 선아는 수아에게 어떻게 연락 한 통 없냐고 쏘아붙였다. 가만두지 않겠다고 으름장을 놓더니 언제 한국에 들어오냐고 물었다. 엄마가 보고 싶어 한다고 했다. 수아는 선아의 말이 끝나기를 기다렸다가 입을 열었다. 나도 보고 싶어. 선아는 자기가 아니라 엄마가 한 말이라고 강조하는 걸 잊지 않았다. 마스크 잘 쓰고, 밥도 잘 챙겨 먹으라는 잔소리도 했다. 수아는 건성으로 대답했다가 혼났다. 졸지에 동생이 된 기분이었다.

통화를 마친 후 수아는 다시 잠을 청했다. 이제는 잠드는 게 두렵지 않았다. 회복의 시간이었다.

주말 저녁, 수아는 해고 메일을 받았다. 미라는 메일로 라나가 옆집 아이들과 함께 캠프에 갈 예정이라고 했다. 그동안 고마웠다는 인사말까지 읽고 난 다음 수아는 인터넷 창을 껐다. 다른 아르바이트를 찾아야 했다. 예전처럼 커뮤니티 게시판과 구인 사이트로 들어갔지만, 마우스 커서만 움직일 뿐 눈에 들어오는 건 하나도 없었다. 그녀는 다시 메일함으로 들어가 답장을 보냈다. 숙자에게 돌려줄 책이 있다고.

한 시간 후 모르는 번호로 전화가 왔다. 숙자였다. 숙자는 내일 2시, 자신이 사는 아파트 근처 카페로 오라고 했다. 숙자의 목소리 너머로 희미한 노랫소리가 들렸다. 춤추기에는 너무 느리고 구슬픈 곡이었다. 숙자의 방문에 얼굴을 바싹 붙인 채 뭘 하는지 엿들으려고 애쓰던 라나의 모습이 기억났다. 수아가 말려도 소용없었다. 둘이서 실랑이하다 보면 숙자가 한숨을 쉬면서 나왔다. 왜 이렇게 못살게 구냐고, 대체 궁금한 게 뭐냐고 물었다.

다음 날 오후 2시, 수아는 카페테라스에서 숙자와 마주 앉아 커피를 마셨다. 같이 주문한 비스코티는 너무 오래 구웠는지 딱딱했다. 숙자는 가루가 너무 많이 떨어진다고 불평하면서 연신 원피스 자락을 털었다. 불투명하고 흐느적거리는 푸른 천들이 겹쳐 잔물결처럼 보이는 원피스였다. 공단과 비즈로 만든 꽃 브로치, 주렁주렁한 팔찌에 머리에 꽂은 조개 모양 핀. 그중 제일 반짝거리는 건 그녀가 신은 구두에 박힌 큐빅이었다.

먼저 말문을 튼 쪽은 숙자였다. 책이라면 안 돌려줘도 되는데 돌려주고 싶어서 안달인 걸 보니 재미가 없었던 모양이라고, 짓궂은 어조로 말했다. 수아는 부인했지만, 재미있다고는 말하지 않았다. 숙자는 커피나 한 잔 더 주문해달라고 했다. 크림을 잔뜩 얹은 카페라테를 마시면서 수아에게 눈을 찡끗해 보였다.

"여기가 라이프치히에 있는 카페 중 제일 괜찮을 거야. 주인이 이탈리아인이거든. 자기도 커피 좋아해?"

"하루에 한 잔만 마셔요. 잠을 못 자서."

"나라면 자는 것도 아깝겠는데, 자기는 소설 좀 더 읽어야겠다. 너무 재미없게 살아서."

수아는 대답 대신 웃기만 했다. 딱히 재치 있게 대답하고 싶다는 욕심은 없었다.

"궁금한 건 없어?"

　평소처럼 가벼운 어조였지만, 수아는 쉽게 대답하지 못했다. 라나처럼 무엇이든 거침없이 물어봐도 될 나이는 아니었다. 얼른, 숙자의 재촉에 못 이겨 수아는 가장 단순하고 뻔한 질문을 던졌다.

　"간호사셨어요?"

　"몰랐어? 정말 몰랐나 보네. 내가 말한 적 없었나?"

　커피를 마시고 비스코티를 부러뜨리면서 숙자는 말하고 또 말했다. 숙자가 독일에 와서 처음으로 일했던 곳은 요양원이었다. 엉덩이나 등에 욕창이 생기지 않도록 어마어마하게 덩치가 큰 환자들을 하루에 몇 번이고 뒤집어야 했다. 손목이 욱신거려도 붕대를 감고 버텼다. '비테'라는 독일어로 수없이 부탁하고, 죄송하다며 사과하고, 감사를 표하면서 하루하루를 살았다. 무엇 하나 새롭게 들어올 틈이라곤 없는 일상이었다. 시간은 그저 쌓여만 갔다.

　그러던 어느 날, 사무장이 숙자를 불렀다. 근무한 지 일 년이 넘었지만, 숙자의 독일어 실력은 여전히 형편없었다. 프라우 황. 사무장은 바싹 움츠러든 숙자를 보며 잠시 뜸을 들이다가 영어로 말했다. 무엇을 원하느냐고. 당시 독일 병원에서는 직원 복지를 위해 당구대나 자판기를 들여놓거나 파티를 열어주는 등 지원을 아끼지 않았다. 보통은 고참 간호사들의 의견에 따랐지만, 사무장은 숙자에게 묻고 있었다. 그래서 숙자는 말했다. 춤추고 싶다고.

사무장은 두 달 후 병원 로비에서 자선 파티가 있을 예정이라고 알려주었다. 숙자는 시내에 나가 처음으로 드레스와 구두를 샀다. 정말·원 없이 춤을 췄다고, 꿈꾸는 듯한 눈빛으로 말했다.

"미라 아빠도 춤추다가 만났지. 결혼할 줄은 몰랐는데, 좋은 사람이었어."

"춤추는 걸 정말 좋아하셨나 봐요."

"너무 좋아했지. 돌고, 뛰고, 밟고, 구르고……. 난 정말 춤추다가 죽고 싶었어. 한국에서는 아마 손가락질했을 거야. 저거 춤바람 났다고, 그런데 독일에서 나한테 뭐라고 할 사람이 있었겠어?"

그 뒤는 뻔한 이야기였다. 결혼했고, 임신했다. 재게 스텝을 밟던 다리는 퉁퉁 부었고, 한 바퀴 도는 것도 버거울 만큼 배가 튀어나왔다. 출산 후에는 근육이 다 빠져 뛰기는커녕 걷지도 못했다. 아기가 울까 봐 음

악도 들을 수 없었다. 다 마신 콜라 캔처럼 숙자의 몸과
마음은 힘없이 우그러졌다. 그리고 몸을 채 추스르기도
전에 또 아이가 들어섰다…….

숙자는 노래하듯이 말했다. 수아는 숙자가 살아
온 시간이 눈과 귀를 타고 새어 들어와서 흘러나가도록
내버려두었다. 손쓸 수도 없이 멀리 가버린 말과 순간
들. 그녀는 숙자가 부러웠다. 얼른 늙고 싶었다. 해결할
수 없는 문제들이 해결할 수 없는 채로 어서 흘러가버
렸으면 했다. 괜한 희망과 낙관에 빠져 버둥거리는 건
이제 질렸다.

선아는 달랐다. 악착같이 물고 늘어졌다. 덕분
에 수많은 성공을 거뒀지만 번번이 격추당했다. 간신히
대학교에 합격했지만, 버스에 휠체어를 실을 자리가 없
으니 신입생 오리엔테이션에 오지 않아도 된다는 연락
을 받았다. 성적 우수자로 졸업했지만 면접에서 줄줄이
떨어지자, 9급 공무원 시험을 보겠다며 몇 시간이고 책
상 앞에서 버티다 디스크가 터졌다. 공무원 시험에 합
격해서 발령이 났지만, 전철로 두 시간 넘게 걸리는 출
퇴근을 감행하다가 사고가 날 뻔했다.

부모님이 집 근처로 전근을 신청하라고 해도 선

아는 고개를 저었다. 지기 싫다고 했다. 선아가 대단해
질수록 수아는 괴로워졌다. 전철에서 밀리고 채여 생긴
푸르고 붉은 멍과 상처들, 제대로 관리하지 않아 울퉁
불퉁 파인 장애인용 경사로를 휠체어로 올라가느라 욱
신거리는 팔과 어깨, 누군가가 선아를 향해 툭툭 던지
고 가버리는 말들이 수아의 안에 고여서 썩어갔다. 선
아를 둘러싼 세상에서 벗어나고 싶었다. 독일 유학은
일종의 도피였다.

　　숙자가 물었다.

　　"수우, 자기는 왜 독일에 왔어?"

　　"잘 모르겠어요."

　　"그런 말이 어디 있어, 여기까지 와놓고선."

　　"그러게요. 그런데 진짜로 모르겠어요."

　　"자기 진짜 웃긴다. 정말로 웃긴다는 뜻이 아닌
건 알고 있지?"

　　"네."

　　"원하는 게 뭔지 알아야 해. 그래야 잃어버렸을
때도 다시 찾을 수 있지."

　　"없는 게 더 낫지 않을까요. 잃어버리지도 않을
테니까."

"노인네 앞에서 다 산 척하지 마. 없진 않을 거야. 자기가 아직 모르는 것뿐이지. 날 봐. 난 언제든 다시 춤출 준비가 되어 있어. 적절한 춤 상대만 나타난다면 말이야."

숙자는 웨이터에게 볼펜을 빌려달라고 부탁했다. 그러고는 수아에게 빌려줬던 소설책 귀퉁이에 뭔가를 적었다. 라이프치히, 눈에 익은 주소였다. 숙자는 수아에게 선물이라면서 책을 내밀었다. 원하는 게 뭔지 알게 되거들랑 꼭 편지를 보내라고 했다. 분명 편지를 받게 될 거라는, 확신에 찬 태도였다. 수아는 순순히 그 책을 받았다.


베를린의 봉쇄령이 풀린 후 수아가 맞이한 첫 손님은 고양이의 주인들이었다. 고양이는 주인들을 보자마자 길게 목을 빼고 울더니 꼬리를 이상한 모양으로 구부렸다. 민디. 주인이 이름을 부르자 두어 발짝 다가왔다가 멈춰 섰고, 기다리지 못하고 손을 내밀자 물었다. 눈물을 흘리기에 수아가 아프냐고 물어봤더니 아프지는 않다고 했다. 이내 고양이가 천천히 다가와서 주인들의 다리 사이를 빙빙 돌면서 울었다. 그들은 함께 집으로 돌아갔다.

대학원 수업도 재개되었다. 귀국했던 대학원생 중 몇몇은 돌아오지 않았다. 수아는 백신을 맞고 나서 이틀을 더 누워 있어야 했다. 지도교수는 면역력을 키우는 데 좋다며 샛노란 강황 가루를 차로 끓여서 대학원생들에게 권하곤 했는데, 세미나 시간마다 서로 입에서 매운 내가 난다며 아이처럼 웃었다.

학기가 끝날 즈음 수아는 라이프치히에서 온 편지를 받았다. 라나가 보낸 편지였다. 수아. 라나는 이제 수아를 수우라고 칭하지 않았다. 한국어를 읽을 줄 몰라서 번역하느라 답장이 늦었다고 쓰여 있었다. 할머니의 유품은 대부분 낡은 테이프나 책이라 어머니가 다 처분했지만, 사진만은 자신이 보관하고 있다고 했다. 그리고 어릴 적 자신이 좋아하는 딱따구리를 그려줘서 고맙다고도 적혀 있었다. 누군가는 라나를 위해 딱따구리를 그려주었구나. 수아는 아쉽지 않았다. 라나에게 또 다른 친구가 생겼다니 기뻤다.

동봉된 사진 속 여자는 수아보다 어려 보였다. 노란색 물방울무늬 원피스에 큐빅이 박힌 구두가 눈에 띄었다. 여자는 댄스 파트너와 함께 카메라 렌즈를 향해 해맑게 웃고 있었다. 앞으로 어떤 삶이 펼쳐질지 모르는 사람만이 지을 수 있는 미소였다. 그 환하고 넓은 무도회장이 어둡고 비좁은 방으로 변모하고, 그녀를 향해 미소 짓던 사람들 대신 낡은 소설책들과 테이프 더미만 즐비할 뿐인데도 숙자는 늘 무도회를 앞둔 소녀처럼 옷을 차려입고 있었다.

수아는 숙자가 어떤 사람인지 잘 몰랐다. 얼마나 많은 사람에게 잘못을 저질렀고, 상처를 주었는지 알 수 없었다. 숙자가 말해주지 않았으니까. 다만 숙자는 원하는 게 무엇인지 물어보면 대답할 줄 알았다. 늘 다른 사람들의 삶에 관심을 기울였다. 수아에게도 뭘 원하냐고 물어보았고, 언젠가 알게 되면 편지를 쓰라며 주소를 적어주었다.

뭘 원하니?

성공을 좇겠다는 욕심은 없지만, 실패하고 싶지도 않았다. 수아가 원하는 건 성공도 실패도 아닌 삶이었다. 그게 정확히 어떤 삶인지는 몰랐다. 논문을 쓰거나 건축 모형을 만들고, 가끔 소설책을 뒤적거릴 수 있는 삶. 소설 속 주인공이 거쳐온 삶과 선택한 결말을 이해하지 못할 때도 있었지만, 나쁘진 않다고 생각했다.

　　모든 일상이 멈춘 순간, 수아는 숙자의 질문을 떠올렸다. 아직도 단번에 대답할 자신은 없었다. 다만 숙자라면 수아가 원하는, 이 어중간하고 애매한 삶을 뭐라고 부를지 알려줄 것 같았다. 수아는 알고 싶었다. 알고 있으면 잃어버려도 언젠가 되찾을 수 있으니까. 그리고 궁금했다. 자신이 떠난 라이프치히에서 숙자가 춤출 만한 상대를 찾았는지. 그래서 편지를 썼지만, 돌아온 건 사진 한 장뿐이었다.

　　이 모든 이야기를 들은 선아가 말했다.

　　"아프더니 많이 연약해졌네. 한국에는 언제 올 거야? 떡볶이나 먹으러 가자."

　　수아는 큰 소리로 웃었다. 그리고 대답했다.

　　좋아.

에세이

# 내가 살지 않은 삶의 이야기들

상담사가 단호하게 말했다.

"안 돼요."

나는 얼떨결에 되물었다.

"왜요?"

독일 문화원 상담실은 더웠다. 문이란 문은 다 열어놨지만, 바람 한 점 불지 않았다. 벽에는 장학 프로그램 정보지가 다닥다닥 붙어 있었다. 내가 지원하려는 석사 장학 프로그램도 그중 하나였다. 솔직히 당황스러웠다. 포트폴리오가 미흡하다거나 독일어 자격증 급수를 높여야 한다는 지적이라면 모를까, 지원하기도 전에 안 된다는 통보를 받을 줄이야.

　　상담사는 우선 내가 지원하는 예술철학 전공은 장학금 수혜자로 선정될 가능성이 적다고 못 박았다. 학부 전공이 철학과가 아닌 이상 학부부터 다시 다녀야 하고, 영어가 아니라 독일어로 논문을 써야 했다. 재정 증명서에 집세, 보험료 등 오천만 원은 필요하다면서 다 날려도 되느냐고 물었다. 대답하길 주저하자 한숨을 쉬더니 다른 질문을 던졌다. 왜 독일이에요?

　　처음에는 바움가르텐이니 프랑크푸르트학파 같은 단어들을 섞어서 그럴싸하게 대답하려고 했다. 하지만 결론은 글쓰기와 공부에 집중하고 싶다는 말로 끝났다. 상담사는 한국에서 글을 쓰고 공부하면 안 되냐고 물었다. 나는 솔직하게 대답했다. 한국에서는 신경 쓰고 싶지 않아도 신경 써야 할 게 너무 많다고. 상담사는 고개를 저었다.

　　"거기서는 더 힘들어. 쓸데없이 미워하는 것만 많아질 텐데, 그냥 버텨 봐요."

　　보기 좋게 퇴짜 맞은 나는 K 선생님을 찾아갔다. 당시 나는 K 선생님의 강의를 듣고 있었다. 독일에서 철학을 전공했던 K 선생님이라면 이해해주실 줄 알왔다. 지난 수업 뒤풀이에서 어느 학생이 독일 유학을 준비 중이라고 했을 때도 격려해주셨으니까. K 선생님은 담배를 피우면서 잠자코 이야기를 들어주셨다. 그러고는 내 이름을 다정하게 불렀다.

"너는 그냥 여기서 소설을 써라."

"왜요?"

"아깝잖아. 여기에 사랑하는 게 너무 많기도 하잖니."

그때 K 선생님의 수업 주제는 롤랑 바르트였다. 바르트는 소설을 쓰려고 했다. 계속 사랑하기 위해서. 소설을 쓰기 위해서 만반의 준비를 끝냈지만, 어느 오후 길을 건너다가 트럭에 치이고 말았다. K 선생님은 바르트의 갑작스러운 죽음을 안타까워하는 한편 넌지시 말씀하셨다. 자신도 소설을 쓰고 싶었노라고, 사랑한다는 건 고통스러운 일이고 고통에서 회피하는 대신 직시하면서 계속 써야 한다고 했다.

늘 그랬듯 나는 그날도 선생님이 말씀하신 대로 다 받아 적었다. 대신 노트 하단에 짧게 불평을 끼적였다. 도망치고 싶었다. 아무도 날 모르는 곳으로 가서 처음부터 다시 시작한다면 훨씬 더 나을 것 같았다. 지금 생각하면 터무니없는 꿈이지만, 그때는 나름 절박했다. 내가 한 적도 없는 말과 행동이 가지도 않은 술자리에서 생겨나고 부풀어 올랐다. 더 끔찍한 건 굳이 거기서 무슨 말이 오갔는지 묻지도 않았는데 전해 들었을 때였다.

장학 프로그램에 지원하기는 했다. 1차에서 보기 좋게 낙방했지만. 나는 독일어 공부를 그만두었다. 학원 선생님에게는 석사논문을 쓰러 간다고 했다. 유학 자금으로 모으던 돈은 사라졌다. 내가 다 쓰진 않았다. 독일행은 내가 살지 않은 삶이 되었다.


독일과 다시 연이 닿은 건 2020년, 코로나19로 팬데믹이 선언된 후였다. 나는 주로 카페에서 글을 쓰곤 했는데, 바이러스가 퍼지자 그마저도 불가능했다. 때마침 한국예술창작아카데미 연구생으로 선발되었고, 덕분에 집 근처 공유 사무실 한 칸을 빌릴 수 있었다. 남은 돈은 인터뷰 비용에 보탰다.

그해 나는 독일 유학생들이 나오는 연작 소설을 구상하고 있었다. 가보지도 않은 나라의, 살아본 적도 없는 삶을 쓴다는 건 구글 맵이나 사진, 신문 기사 같은 자료들로는 불가능했다. 상상의 힘에만 기댈 순 없었다. 마침 나는 다시 독일어 학원에 다니는 중이었고, S 선생님의 도움으로 인터뷰 대상자들을 만났다. 처음에는 다섯 명이었지만, 서로 소개해주면서 열다섯 명 남짓까지 늘었다.

인터뷰는 한국 시각으로 오후 17시, 독일 시각으로는 오전 9시에 줌(ZOOM)으로 진행했다. 처음에는 한 시간은 채울지 의문이 들었으나 막상 시작하니 최소 두 시간에서 최장 여섯 시간까지 걸렸다. 처음에는 서로 어색해했다. 낯선 사람, 게다가 마스크도 쓰지 않고 대면하는 건 오랜만이었다. 나는 여유로운 척 인사했지만, 책상 아래에서는 계속 손을 쥐락펴락했다.

인터뷰 진행이 처음은 아니었다. 그러나 자서전 대필이나 기사를 작성할 때 했던 인터뷰와는 사뭇 다른 분위기였다. 당연했다. 목적이 달랐으니까. 나는 인터뷰 대상자의 이야기를 있는 그대로 쓰는 게 아니라 인터뷰 대상자의 눈에 비치는 것들을 봐야 했다. 개개의 파편에 불과할지언정 모아서 맞추면 전부가 아니더라도 일부를 이룰지도 몰랐다.

대화가 사전 질문지를 벗어난 순간, 진짜 인터뷰가 시작되었다. 사는 곳이나 목표는 달라도 우리가 마주한 불안은 비슷했다. 언제 어디서 감염될지 모르는 치명적인 바이러스와 끝없는 봉쇄. 그들은 내게 새롭게 미워하게 된 것과 오랫동안 사랑했던 것에 관해 말해주었다. 너희 나라로 돌아가라고 외치는 사람들, 공원의 거대한 나무들, 거스름돈을 잘못 주고선 미안하다는 말 한마디 않는 점원, 바흐의 미사곡이 울려 퍼지는 성당.

독일 정부가 봉쇄령을 내렸을 때, 독일 곳곳에서는 인권 보장과 자유를 주장하는 집회가 열렸다. 반면 프랑스 신문사 쿠리에 피카르(Courrier Picard)는 '황색 경보(Alerte jaune)'라는 표제 아래에 마스크를 쓴 아시안 여성의 사진과 기사를 실었고, 독일 베를린 다문화 지구 모아빗(Morbit)에서 중국인 여성 폭행 사건이 일어났다. 인터뷰 대상자 중 한 명은 다른 사람들에게 바이러스를 옮길 수 있으니 연습에 나오지 말라는 말을 들었다고 한다.

한국은 일정한 경로를 따라가지 않으면 살아남기 어렵다. 인터뷰 대상자들이 바라는 삶은 경로 밖에 있었다. 그래서 독일로 왔다. 인종차별은 무지의 문제라며 애써 삭였지만, 봉쇄령 이후로는 무시할 수도 없었다. 혐오범죄가 아니라 예상치 못한 곳에서 마주하는 혐오가 그들의 마음을 조금씩 무너뜨렸다.

사랑하는 것들보다 미워하는 게 많아지면 사랑했던 것마저 퇴색한다. 그 순간 삶은 무력해진다. 무력해지면 걷잡을 수 없는 불안이 찾아온다. 불안을 떨쳐버리고 싶어서 누구든 탓하려 하고, 탓하면서 더더욱 미워하는 게 늘어난다. 삶은 지옥이 된다. 지옥에서 살아가는 이상 삶의 목표는 살아가는 게 아니라 살아남는 것이다.

한국도 다르진 않았다. 마스크를 쓰고 손을 닦는 등 아무리 조심해도 소용없었다. 가벼운 병증으로 끝나는가 하면 치명적인 후유증을 얻거나 죽기도 했다. 내일이 올지 안 올지도 확신할 수 없었다. 모든 게 불확실해지는 가운데 오직 불안만이 확실했다. 불안이 극에 달하면 사람들이 취하는 행동은 둘 중 하나다. 공격이나 방어, 살아남기 위해서 고립시키거나 고립된다.

나의 상담 선생님은 그럴수록 척력보다 인력이 필요하다고 말했다. 상대방을 밀쳐내면서 안전거리를 확보하려고 드는 대신 서로를 놓지 말아야 위기가 닥쳤을 때 끌어당길 수 있었다. 길고 지루한 봉쇄 동안 나는 친구들과 같이 줌으로 작업하거나 자연스럽게 멀어졌던 사람들과 연락을 주고받았다. 아주 사소하고 가벼운 관계라도 마지막 안전망이 될 수 있었다.

나와 인터뷰 대상자는 다시 찾아올 미래에 관해서 이야기했다. 조심스럽게 서로 꿈을 묻고, 우리 모두의 안녕을 빌었다. 나는 포부를 밝혔다. 소설들을 다 완성한 다음 직접 책을 전하러 독일로 가겠다고, 그즈음이면 봉쇄도 끝날 테니까. 그 말에 다들 웃었다. 몇몇은 진지하게 고개를 끄덕였다. 독일로 오게 되면 사랑하는 것들을 보여주겠다고 약속했다.

인터뷰를 마친 후 나는 「민디」를 썼다. 다섯 편을 더 써야 했지만, 쓰지 못했다. 몇 번이고 인터뷰 기록지를 들춰봐도 어떻게 쓸지 떠오르지 않았다. 어쩌면 게을러서 그럴지도 모르겠다. 다행히도 최종 마감 전 이야기들이 겹쳐지고 겹쳐져서 「한스」와 「수우」 두 편을 완성할 수 있었다. 인터뷰한 내용을 그대로 쓰진 않았다. 언젠가 인터뷰 대상자들과 거리에서 스쳐 지나갔을지도 모르는 인물들의 삶을 쓰고 싶었다.

삶은 복잡하다. 소설도 그럴 수밖에 없다. 소설만으로도 골치가 아프니 비교적 단순하게 살았으면 했다. 잠들기 전 단순하게 살자고 외치면서 잠들었지만, 늘 착잡한 마음으로 눈을 떴다. 사람은 층층이 겹쳐진 이야기들의 소산이다. 그 층들이 어떻게 쌓였는지 하나씩 알아가다 보면 누구든 쉽게 미워할 수 없게 된다. 반면 좋아하는 건 쉬워졌다.

한 번은 상담사나 선생님이 뭐라고 하든 독일로 가지 그랬냐는 말을 들었다. 별로 아쉽진 않았다. 아마 독일에 가서도 똑같이 어렵게 살고 있었을 것이다. 경제 사정이나 생활환경이 어려울 거라는 뜻은 아니다. 거기서도 무슨 일이든 했을 터였다. 다만 무엇 하나 쉽게 미워하지 못하고 사랑한다는 이유로 놓지 못해서 어려웠을 것이다. 하지만 아주 가끔 나는 살지 않았던 이야기들 속의 내가 궁금해졌다.

봉쇄가 풀린 후 오스트리아에 다녀왔다. 첫 유럽 여행이었다. 바로 옆에 독일이 있다지만, 너무 긴장해서 갈 엄두도 내지 못했다. 심지어 도중에 몸살도 났다. 도둑맞기 싫어서 안전 고리며 자물쇠를 주렁주렁 달고 다녔는데, 막판에는 고리 줄이 서로 꼬여서 정작 주인인 내가 지갑을 못 꺼낼 뻔했다. 동행했던 언니는 소매치기마저 딱해서 피해 가겠다고 핀잔을 주었다.

다행히도 며칠 지나자 빈 시내를 휘적휘적 걸어
다니는 데 익숙해졌다. 그동안 배웠던 독일어도 잘 써
먹었다. 주로 싸울 때였다. 식당에서 덤터기를 쓰거나
호텔 데스크에서 내가 묵기로 한 방을 다른 사람에게
주었을 때, 영어와 독일어 중 어느 언어를 쓰는지에 따
라서 직원의 태도가 바뀌었다. 동행은 그냥 영어를 쓰
면서 돈은 달라는 대로 주자고 했다. 적당히 모른 척하
면, 상대방도 상냥하게 굴 테니까. 싫다고 했다가 등을
얻어맞았다.

지금 생각해보면, 독일에서의 나도 끈질기게 싸
우지 않았을까 싶다. 덕분에 독일어도 늘었을 것이다.
아니면 동행처럼 그냥 포기했을지도 모른다. 어느 쪽이
든 나름대로 열심히 살아갈 것이다. 은선이나 수산나,
한수, 수아처럼. 나는 그들 중 누구도 쉽게 미워할 수
없었다. 그저 그들의 안녕한 내일을 바랐다. 내가 살지
않은 삶의 이야기들, 사랑하는 마음으로 이 소설들을
썼다.

**해설**

# 투지를 잃지 않는 법

— 황예인(문학평론가)

　　선명하게 적히지 않음으로써 어떤 말은 더 강력해진다. 아무리 추측해본들, 작가가 직접 말하지 않은 이상 그 문장은 결코 확정될 수 없음에도 말이다. 수차례 다시 읽고, 빈자리를 상상하고, 그 근거를 마련하는 사이 떠오르는 문장들. 그런 의미에서 적히지 않은 말은 읽는 이가 쓰는 말이다. 작가는 어떤 자리를 비워둠으로써 읽는 이로 하여금 이를 쓰게 만들고, 마침내 소설은 작가에게서 벗어나 누군가의 이야기가 된다.

　　「수우」에는 두 개의 흐릿한 빈자리가 있다.

　　하나는 수아의 편지로 "꼭 물어보고 싶은 게

있"(91쪽)어 적은 문장이다.

어느 날 수아는 서랍 속에서 연보라색 편지지를 발견한다. 연보라색은 보라색 벨벳 구두를 신고 있던 숙자를 떠올리게 만들고, 수아는 그에게 충동적으로 편지를 쓴다. 숙자는 수아가 라이프치히에 머물 때 알게 된 노인. 그 시절 숙자는 수아에게 왜 독일에 왔느냐고, 또 무엇을 원하느냐고 묻지만 수아는 대답하지 못한다. 시간이 흘러 수아는 지금 베를린 공대 박사 과정에 재학 중이다. 그렇다면 이제는 답변할 수 있을까? 그런데 어째서 질문일까.

다른 하나는 수아가 한 말로, "병신처럼 구는 건 내가 아니라 언니지"(92쪽)라는 대응을 불러와 자매 사이를 멀어지게 한 문장이다.

수아는 "선아를 둘러싼 세상에서 벗어나고 싶(128쪽)"어 독일 유학을 선택한다. 수아의 눈에 동생 선아의 삶은 "악착같이 물고 늘어"(127쪽)지는 것처럼 보였기 때문. 선아는 그저 대학에 합격해 신입생 오리엔테이션에 가려 하고, 취직에 성공해 지하철로 출퇴근하려 했을 뿐이다. 단지 그가 장애인이라서 이 모든 과정이 투쟁이 되어버렸지만. 선아는 왜 수아에게 '병신'이

라는 말을 돌려준 걸까? 그에 앞선 수아의 말은 무엇이
었을까.

 이 빈자리들은 서로 관련돼 있다. 수아가 출국
전날 트렁크에서 발견한 동생의 편지와 언젠가 이에 답
장을 보내리라 다짐한 날이, 수아가 숙자에게 편지를
보내는 시점과 나란히 놓여 있기 때문이다. 한 통의 편
지와 이를 받아보게 될 두 명의 수신인. 그러니 먼저 수
아가 동생에게 했던 말부터 짚어볼까.

*

 수아는 동생에게 '병신'이라는 단어를 쓰면서까
지 토로하고 싶었던 것이 있었다. 집 근처로 전근 신청
을 할 수 있음에도 전철로 두 시간씩 걸리는 직장을 고
집하는 동생이 그의 눈에는 어떻게 비쳤을까? 수아는
선아가 굳이 나서는 바람에 "전철에서 밀리고 채여 생
긴 푸르고 붉은 멍과 상처들"과 "누군가가 선아를 향해
툭툭 던지고 가버리는 말들"(128쪽)을 불러왔다고 생각
한다. 곧 수아에게 '병신'이란 이길 수 없는 싸움에 뛰어
들어 상처를 자처하는 삶의 태도다. 싸우려 들지 않았

다면 아플 일도 일어나지 않았을 테니까. 그러니 수아 는 선아에게, 제발 병신처럼 굴지 말라고 말했을지 모 른다.

수아가 이 싸움의 의미를 정정하게 되는 건 도 망치듯 떠나온 독일에서다. 아주 사소한 경험으로부터 가능해진 정정의 중심에는 숙자가 있다. 숙자는 아픈 몸으로 일을 하러 찾아온 수아에게 이렇게 말한다. "네 몸은 지금 전쟁터니까, 맞서 싸우는 데 집중해."(109쪽) 이 순간 수아는 통증을 참는 것 말곤 아무것도 할 수 없 는 무력한 몸에서 벗어난다. 오히려 바로 그 통증을 통 해, 면역 체계가 병원체에 맞서 격렬하게 싸우는 중인 역동적인 몸을 실감한다. 몇 년 후 수아는 감염병에 걸 리는데, 이때의 그는 싸움에 대해 훨씬 더 자각적이고 적극적인 면모를 보인다. 그는 "어떻게든 병과 싸워서" 이기기 위해 "기를 쓰고 몸을 일으"(121쪽)켜, 비록 맛은 형편없을지언정 싸움의 연료가 되어줄 시리얼 바를 찾 아내 삼키고 약을 먹는다.

타지에서 혼자 앓는 경험을 통과하는 동안, 수 아는 어렴풋이나마 삶이 곧 싸움일 수밖에 없음을 체 감하게 되었으리라. 아픔과 회복이 증명하듯, 아무것도 바라지 않고 그 무엇도 하지 않는 존재란 불가능하니 말이다. 그렇게 수아는 싸움이란 상처받기 위함이 아니라 회복되기 위한 과정이라는 사실 역시 받아들이게 되지 않았을까.

그러므로 수아가 숙자에게 쓴—선아에게 보내는 회신이기도 한—편지 안에는 틀림없이 이 깨달음이 적혔을 것이다. 이제 수아가 숙자에게 꼭 묻고자 했던 질문을 풀어볼 수 있을 것 같다. 하지만 그전에, 싸움이라는 삶의 형식이 다른 작품에서 어떻게 드러나고 있는지 살펴볼 필요가 있다. '싸움'이라는 말이 흔한 만큼, 오해되지 않도록.

*

「민디」에는 함께하기 위해 독일 유학을 선택한 동성 커플 은선과 수산나가 등장한다. 한쪽은 삶이 싸움이라는 사실을 누구보다 잘 알고 있는 듯 보이고, 또 한쪽은 매사 무신경한 스타일처럼 보이기도, 더 나아가 회피하는 타입처럼 보이기도 한다. 하지만 파고 들어가 보면 속내는 전혀 다르다.

　　은선과 수산나가 팽팽히 맞서고 있는 장면으로
가보자.

　　은선은 택배 기사로부터 흡사 병균 취급을 받아
야 했던 상황을 수산나에게 전한다. 게다가 중재에 나
선 집주인 마샤로부터 은선은 중국인이 아니니 괜찮다
는 말까지 들어야 했던 일도 덧붙인다. 은선은 독일에
서 살아가는 한국인이기에 받아야만 하는 차별적 언행
에 분노와 갑갑함을 느끼고 있다.

　　그런데 수산나의 반응은 은선이 짐작한 바와는
다른 것 같다. 수산나는 겁에 질려 있는 사람이라면 무
슨 일이든 벌일 수 있기에 위험할 뻔했다고 걱정한다.
하지만 다행히도 은선의 곁에 마샤가 있어서 무사할 수
있었다고 안도한다. 수산나는 사랑하는 사람이 이웃의
도움을 받아 안전할 수 있었음에 감사함을 느끼고 있다.

　　그러나 은선에게 마샤는 "입에서 술 냄새가
풀풀" 풍기는 "알코올중독자"에 "끔찍한 인종차별주
의자"다. 반면 수산나에게 마샤는 "혼자니까 외로워
서" 술을 마시는 사람, 은선을 "도와줬"으므로 "고마
운"(28~29쪽) 사람이다. 이 상반된 해석 사이에 타협의
여지는 전혀 없어 보인다. 다만 이 대립으로부터, 삶이

싸움이라는 것을 알고 이를 수행하려는 은선에게 무엇이 결여되어 있는지 살펴볼 수 있겠다.

은선의 삶에서 싸움은 어떤 모습으로 나타나는가? "싸워야 했다. 이긴다 해도 또 싸울 수밖에 없었다. 그래서 싸움의 순간을 미루고 또 미뤘다."(15쪽) 은선은 최종 승자가 되기 위해 싸우려는 사람이다. 따라서 이 싸움은 어느 한쪽이 끝장날 때까지는 멈출 수 없다. 이렇듯 그는 '승패'와 '끝장'에만 초점을 맞춘 나머지 제풀에 지쳐 꺾여버린다. 결국 아예 싸우지 않겠다고 결심하게 되는 것이다.

또한 은선은 싸움에서 겪는 수모를 곧장 패배의 신호로 받아들인다. 그는 "대학원에 간들 학술원 강단에 선 원숭이 꼴이 될"(22쪽) 거라고 상상하며, 곧 학업을 그만두고 한국으로 돌아가는 선택을 할 수도 있음을 시사한다. "은선이 바움가르텐에 대해 말하면 교수와 학생들은 바움가르텐이 아니라 바움가르텐을 발음하는 은선을 흥미로워했"(21~22쪽)기 때문이다.

그런데 이 논리는 어딘가 좀 이상하지 않은가? 물론 수모가 달가운 사람은 없다. 그럼에도 수모를 겪고 싶지 않기 때문에 싸우지 않겠다고 다짐하는 건 안

타까운 일이다. 은선은 사람들이 '원숭이 꼴'이 되지 않기 위해서가 아니라, 그렇게 될 수 있음에도 불구하고 이를 감수하면서까지 해내고 싶은 무언가를 위해 싸움에 나선다는 것을 아직 모르고 있다.

수산나에게로 돌아와 그가 감수한 것들을 볼까. 그는 '민디'라는 이름을 받아들인다. 고양이는 '민지'일 때보다 안전해진다. 그는 '수잔나'라는 이름을 받아들인다. (꼭 이 때문만은 아니지만) 따를 만한 교수와 친구들이 생긴다. 그는 마샤를 받아들인다. 셋집은 안심하고 머물 수 있는 공동체가 된다. 물론 이 작품에서 수산나라는 인물이 묘사되는 방식을 따져보았을 때, 어려움을 달게 받아들인다는 뜻의 '감수(甘受)'라는 표현은 어울리지 않는지도 모른다. 수산나는 대단한 각오나 비장한 결의 없이 이 모든 걸 자연스럽게 받아들이는 것처럼 보이니까. 그 덕분에 수산나의 세계는 촘촘하게 확장되어간다.

이는 싸움을 미루지 않겠다고 결심한 이후, 점차 고립되어가는 듯한 은선과는 대조적이다. 마침내 은선은 귀국을 백신 접종을 위한 일시적인 상태가 아니라, 학업을 중단하고 수산나와의 관계를 재고하기 위한 영구적인 상태로 고려하게 되었으니 말이다. 수산나의 태도를 참고하자면, 은선은 그에게 차별의 압력만이 존재하고 있는 게 아니라는 사실을 인정할 필요가 있다. 동료들의 친밀한 인사 혹은 이웃의 적절한 도움처럼 그에게 닿길 원하는 친절, 선의, 나아가 가능성 등은 반드시 존재하고 있다. 단지 그가 원하는 얼굴을 하고 있지 않을 뿐. 은선이 싸움의 목적이 승패나 시비를 가리는 것이 아니라, 소중한 무언가를 지켜내기 위한 것에 있음을 자각한다면 이를 배울 수 있지 않을까.

다행히 소설의 마지막 부분에 이르러 그런 기회가 은선에게 주어진다. 빗속에서 민디를 찾느라 몸살에 걸린 수산나는 열이 올라 뜨거운 손으로 은선을 붙잡은 채 말한다. "너까지 안 돌아오면 난 어떡하라고."(34쪽) 그 체온과 음성이 새삼스레 은선을 일깨운다. 그가 독일 유학을 감행했던 건 바로 이 사랑 때문이었음을. 은선은 독일 경찰의 친절을 받아들인 것처럼, 마샤가 건네는 와인도 받아들인다. 그 순간 마샤는 은선에게 따뜻하게 데운 술을 건네며 어둠 속을 조심하라고 당부하는 사람으로서 존재한다.

이렇게 은선은 감수할 수 있는 사람이 되었다.

이제 철없는 연인의 도피처로 한정되었던 독일은 누비며 싸워나가야 할 삶의 터전으로 변모했다. 앞으로 은선은 세계를 앙상하게 위축시킬 뿐인 싸움과 풍요롭게 일구어나갈 수 있는 싸움을 구분하면서 나아갈 수 있을 것이다.

*

덧붙이자면, 은선에게 결여된 무언가를 이야기하기 위해 수산나를 부러 덜 읽어냈음을 고백한다. 작품 안에서는 다루어지지 않고 있지만, 만약 수산나가 차별의 압력을 느끼면서도 눈감고 있는 것이라면 그의 세계는 언제든지 황폐해질 수 있다. 재활 치료사로서 거짓말하지 않는다는 원칙을 추구하면서도 결국 직장 동료에게, 환자에게, 아내에게 거짓말을 하게 되는 '거짓말쟁이 한스'의 이야기, 「한스」 속의 한수가 보기가 될 수 있겠다. 하지만 이 자리에서는 '겁쟁이 한스'에 대해 이야기해보자.

한수는 재활을 돕는 치료사로 일하면서 "애초에 완벽한 회복이란 불가능"(50쪽)하다고 생각한다. 뿐만 아니라 폭력의 피해자로서도 "완전한 회복이란 환상이고 기만에 불과"(82쪽)하다고 생각한다. 시간의 흐름 속에서 '원상 복귀'와 같은 현상은 존재하지 않는다. 지금 이 순간에도 우리는 온몸으로 이를 배워나가고 있는 중이다. 따라서 회복이란 '완벽한'이나 '완전한' 같은 수식어로 설명되는 상태일 수 없다. 한수 또한 이를 모르고 있진 않으리라.

　　오히려 이처럼 반복되는 생각들은 한수의 심리 상태를 보여주는 것 같다. 소중한 가족과 보람 있는 일터, 그리고 든든한 독일인 친구. 언뜻 한수는 괜찮아 보인다. 하지만 그는 경험을 통해 폭력의 속성을 철저하게 깨달은 사람이다. 그는 "돌연 다가와서 모든 걸 송두리째 앗아"(82쪽)가는 폭력이 "어디에나 있고 언제든 벌어질 수"(83쪽) 있다는 것을 안다. 그는 예상할 수 없고, 예방할 수 없다는 사실에 겁을 먹고 있다. 사실 그는 겉보기와는 달리 전혀 괜찮은 상태가 아니다. 상상 속에서 아내에게 수영을 가르쳐주며 건네는 말, "잘하고 있어" "여긴 안전해"(88쪽)는 한수 자신을 향하고 있는 것이다.

　　결국 한수가 두려워하는 것은 폭력이라기보다,

아직 오지 않은 미래다. 한수에게 미래는 오직 폭력의
얼굴을 하고 있으므로.

*

　돌고 돌아, 다시 처음의 질문으로 돌아오자. 수
아의 편지에 그 문장은 정확히 어떻게 적혔을까? 숙
자에게 꼭 묻고 싶었던 질문 말이다. 라이프치히 시절
의 수아는 노인인 숙자를 부러워하며 "얼른 늙고 싶었
다"(127쪽)라고 생각할 만큼 미래를 버거워한다. 하지만
수아가 정말로 바랐던 건 노인이 되는 게 아니라, 시종
일관 당당하고 거침없는 에너지를 뿜어내던 숙자의 태
도, 그 꺼지지 않는 투지(鬪志) 아니었을까? 노인에게도
미래는 아직 오지 않은 날. 그러니 투지가 없다면 미래
란 언제나 버거운 대상일 수밖에 없으리라.
　그러니 나의 경우, 이 빈자리를 이렇게 채워볼
수 있을 것 같다. 〈우리는 어떻게 삶의 투지를 잃지 않
을 수 있나요? 미래가 안녕하지 않을지라도.〉
　『안녕한 내일』에서 미래를 두려워하는 인물은
수아뿐만이 아니다. 수모와 패배로 미래를 상상하는 사

이 은선의 세계는 좁아지고, 지난날의 불행으로 미래를 대체하면서 한수의 세계는 황량해지니까. 세 편의 연작소설에서 우리가 만나는 건 미래를 의식하며 이에 짓눌려버린, 어쩔 수 없이 우리를 닮은 인물들이다. 도대체 우리는 어떻게 삶의 투지를 잃지 않을 수 있을까? 미래가 안녕하지 않을지라도 말이다.

삶이 곧 싸움임을 알고 있는 이야기는 소중하다. 싸움이라고 하면 차별에 저항하거나 정의를 실현하기 위한 투쟁을 떠올리게 되지만, 『안녕한 내일』은 나의 세계를 발견하고 확장해가는 과정을 이처럼 그려내고 있다. 그렇다면 왜 '싸움'일까? 무언가를 지키려면 전심전력을 다해야 하기 때문일 것이다. 답장처럼 도착한 숙자의 사진 속에서 수아는 "앞으로 어떤 삶이 펼쳐질지 모르는 사람만이 지을 수 있는 미소"(131쪽)를 본다. 모르기 때문에 생겨나는 가능성. 그것이 정말 작가가 발견해낸 비전이라면 그가 앞으로 쓸 이야기는 누군가의 투지를 되살릴 수 있다는 의미에서 훨씬 강력해질 것이다. 인물들이 불꽃처럼 투지를 품고서 저마다의 싸움을 치열하게 벌여가는 이야기를 상상해본다. 그 이야기를 기다리고 싶다.

트리플 24

# 안녕한 내일
© 정은우, 2024

초판 1쇄 인쇄일  2024년 4월 19일
초판 1쇄 발행일  2024년 5월 3일

지은이 · 정은우

펴낸이 · 정은영
편집 · 최찬미 방지민
디자인 · 이선희
마케팅 · 최금순 이언영 연병선
         윤선애 최문실 이유빈
제작 · 홍동근
펴낸곳 · (주)자음과모음
출판등록 · 2001년 11월 28일
          제2001-000259호
주소 · 경기도 파주시 회동길 325-20
전화 · 편집부 02) 324-2347
       경영지원부 02) 325-6047
팩스 · 편집부 02) 324-2348
       경영지원부 02) 2648-1311
이메일 · munhak@jamobook.com

ISBN  978-89-544-5052-2 (04810)
       978-89-544-4632-7 (세트)